光文社文庫

文庫書下ろし／長編時代小説

総力

聡四郎巡検譚㈥

上田秀人

KOBUNSHA

この作品は光文社文庫のために書下ろされました。

目次

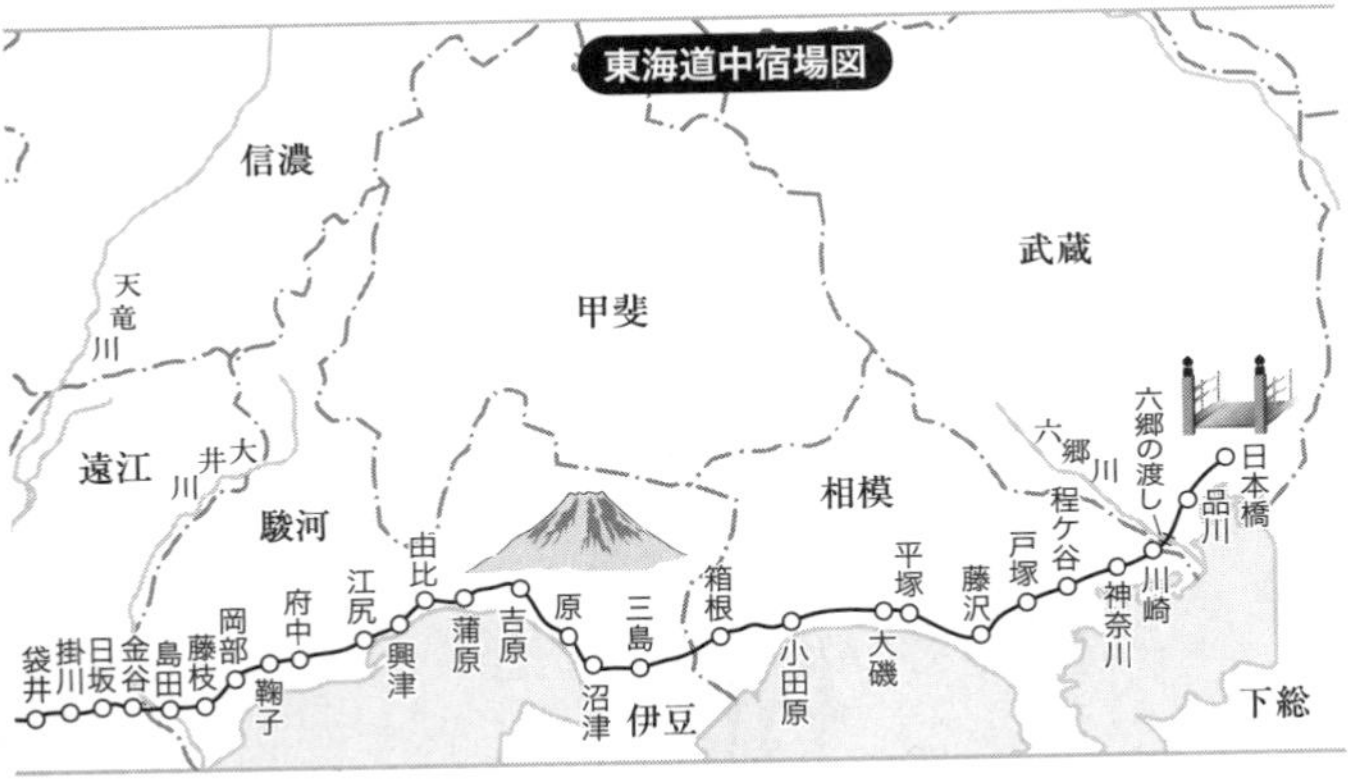
東海道中宿場図
信濃
甲斐
武蔵
遠江
駿河
相模
伊豆
下総
天竜川
大井川
六郷川
六郷の渡し
日本橋
品川
川崎
神奈川
程ケ谷
戸塚
藤沢
平塚
大磯
小田原
箱根
三島
沼津
原
吉原
蒲原
由比
興津
江尻
府中
鞠子
岡部
藤枝
島田
金谷
日坂
掛川
袋井

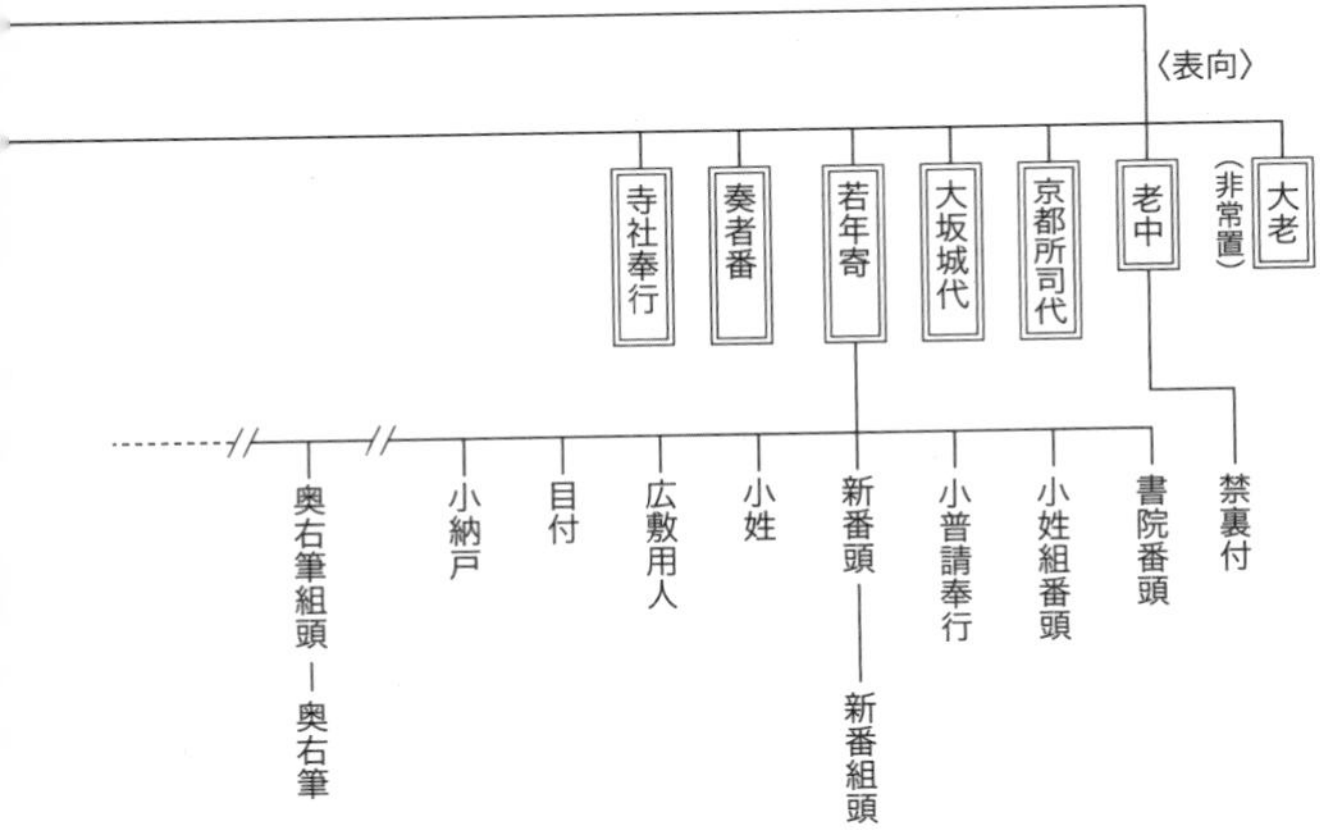
〈表向〉
大老
（非常置）
老中
京都所司代
大坂城代
若年寄
奏者番
寺社奉行
禁裏付
書院番頭
小姓組番頭
小普請奉行
新番頭
新番組頭
小姓
広敷用人
目付
小納戸
奥右筆組頭
奥右筆

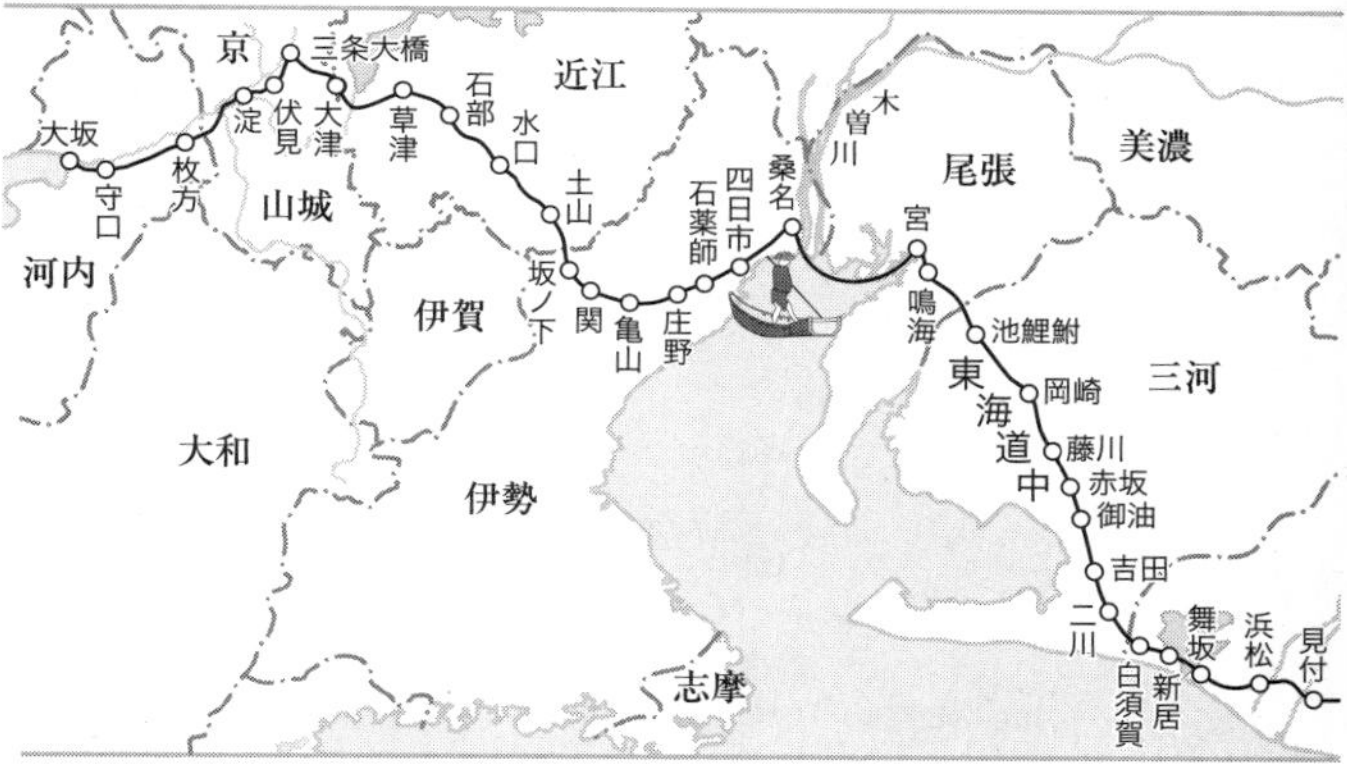
京
三条大橋
近江
大坂
守口
枚方
淀
伏見
大津
草津
石部
水口
土山
坂ノ下
関
亀山
庄野
石薬師
四日市
桑名
木曽川
尾張
美濃
宮
鳴海
池鯉鮒
岡崎
藤川
赤坂
御油
吉田
二川
白須賀
新居
舞坂
浜松
見付
東海道中
三河
山城
河内
伊賀
大和
伊勢
志摩

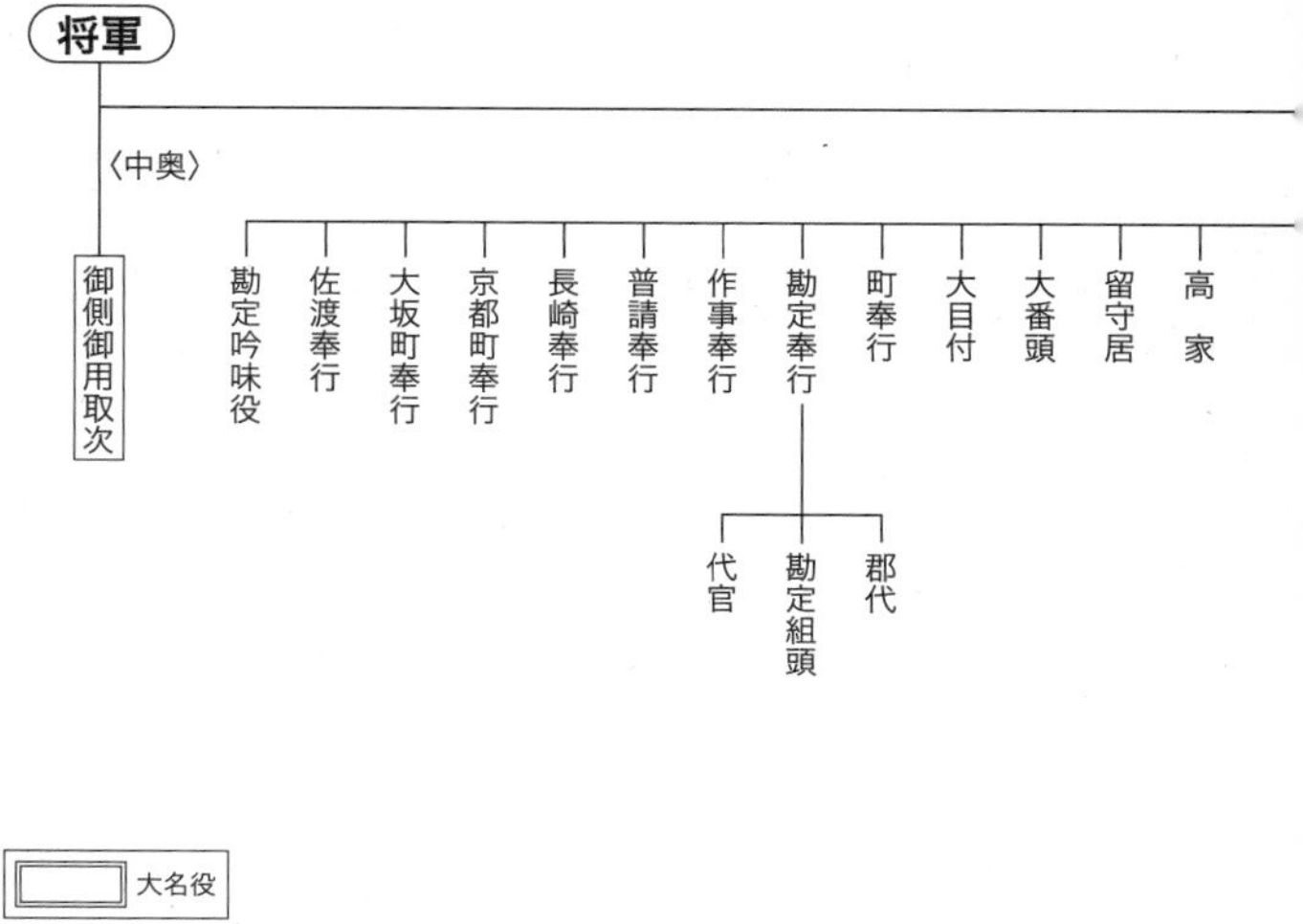
将軍
〈中奥〉
御側御用取次
勘定吟味役
佐渡奉行
大坂町奉行
京都町奉行
長崎奉行
普請奉行
作事奉行
勘定奉行
代官
勘定組頭
郡代
町奉行
大目付
大番頭
留守居
高家
大名役

尾張殿上屋敷
市谷
早稲田村
江戸川
音羽
護国寺
至板橋宿
江戸川橋
大塚
巣鴨
赤城明神
御納戸町
石切橋
日光御成街道
神楽坂
若宮八幡宮
切支丹坂
御薬園
中山道
小日向馬場
牛込御留守居町
牛込御門
傳通院
小石川
番町
白山
神明宮
田安御門
駒込
水戸徳川家上屋敷
清水御門
小石川御門
入江無手斎道場
春日町
水道橋
千駄木
水城聡四郎の屋敷
御弓町
神田川
本郷
加賀前田家上屋敷
竹町
道灌山
根津権現
霊雲寺
池之端七間町
日暮里
池之端仲町
神田明神
不忍池
鍛冶町
湯島天神
忍ヶ岡
昌平橋
弁天
明神下
仁王門前町
根岸
谷中
筋違御門
昌平坂
寛永寺
東叡山
下谷広小路
外神田
内神田
和泉橋
佐久間河岸
神田佐久間町
下谷金杉町
御徒町
下谷山崎町
通油町
豊島町
新シ橋
向柳原
三味線堀
広徳寺
下谷竜泉寺町
通塩町
柳原土手
左衛門河岸
幡随院
汐見橋
同朋町
横山町
広小路
両国
元鳥越町
猿屋町
甚内橋
浅草橋
茅町
米沢町
新吉原
阿部川町
薬研堀
両国橋
柳橋
御蔵前片町代地
新堀川
日本堤
大川
東本願寺
小塚原
日光道中
水戸家石揚場
旅籠町
回向院
一ツ目之橋
首尾の松
御米蔵
御蔵前
浅草寺
御蔵前通り
浅草広小路
奥山
浅草
御竹蔵
御厩河岸之渡し
山谷町
雷門
浅草観音
新鳥越橋
駒形町
山谷堀
揚場
二ツ目之橋
駒形堂
浅草
花川戸町
吾妻橋
今戸橋
今戸町
白鬚之渡し
緑町
南割下水
本所
竹町之渡し
源森橋
竪川
三囲稲荷
向島墨堤
木母寺
源森川
三ツ目之橋
北割下水
小梅村
長命寺
寺島村
北辻橋
大横川
法恩寺橋
業平橋
新辻橋
亀戸村
小梅村
四ツ目之橋
押上村
天神橋
十間川
柳島村
亀戸天神

天現寺
渋谷川
麻布新町
善福寺
四ノ橋
古川町
仙台坂
新網町
飯倉片町
三ノ橋
二ノ橋
一ノ橋
中之橋
赤羽橋
芝車町
三田町
至品川宿
増上寺
金杉橋
宇田川町
芝
浜松町
金杉川
紀伊徳川家屋敷
元赤坂町
竹腰山城守屋敷
伝馬町
平河町
井伊掃部頭
中屋敷
紀伊徳川家
上屋敷
赤坂御門
六本木
氷川明神
赤坂
市兵衛町
溜池
葵坂
麹町
四谷御門
市谷御門
千鳥ヶ淵
半蔵御門
西之御丸
虎之御門
新シ橋
外桜田御門
雉子橋御門
一橋御門
江戸城
和田倉御門
南町奉行所
北町奉行所
幸橋
土橋
数寄屋橋
御門
汐留橋
三十間堀
銀座町
呉服橋御門
神田橋御門
常盤橋御門
竜閑橋
濱御殿
木挽町
西本願寺
数寄屋町
一石橋
本町
今川橋
京橋
本両替町
本材木町
白魚橋
日本橋
魚河岸
大伝馬町
小伝馬町
楓川
江戸橋
荒布橋
八丁堀
弾正橋
組屋敷
八丁堀
茅場町
海賊橋
日本橋川
小網町
銀座
元大坂町
諸国人入れ相模屋
中之橋
亀島川
稲荷橋
一ノ橋
新川
霊岸橋
箱崎橋
松島町
久松町
鉄炮洲
高橋
二ノ橋
湊橋
行徳河岸
高砂橋
浜町堀
佃島
霊岸島
浜町
豊海橋
箱崎町
永久橋
箱崎川
石川島
永代橋
今川町
上之橋
万年橋
新大橋
御船蔵
佐賀町
江戸湊
大島町
黒江町
緑橋
油堀
万年町
材木町
海辺大工町
西光寺
六間堀
永代寺
富岡橋
仙台堀
海辺橋
高橋
弥勒寺橋
山城橋
弥勒寺
越中島
蓬莱橋
富岡八幡宮
霊巌寺
深川元町
亀久橋
小名木川
汐見橋
深川
洲崎
入船町
新高橋
扇橋
猿江橋
南辻橋
西
北
東
南
0
1km
猿江町
御材木蔵
大島橋
清水橋

総力　主な登場人物

水城聡四郎《みずきそうしろう》……道中奉行副役。一放流の遣い手。将軍吉宗直々の命で、大宮玄馬とともに諸国を回り、また、剣術の師匠・入江無手斎から言われ、諸国の道場も見て回っている。

水城　紅《あかね》……水城聡四郎の妻。元は口入れ屋相模屋の娘。聡四郎に嫁ぐにあたり、吉宗の養女となる。聡四郎との間に娘・紬《つむぎ》をもうける。

大宮玄馬《おおみやげんば》……水城家の筆頭家士。元は、一放流の入江道場で聡四郎の弟弟子だった。聡四郎とともに、諸国を回る。

入江無手斎《いりえむてさい》……一放流の達人で、聡四郎と玄馬の剣術の師匠。

袖《そで》……元伊賀の女郷忍。兄を殺された仇討ちで聡四郎を襲うが、返り討ちにされたのち、改心して水城家に入り、紅に付き添う。

加納遠江守久通《かのうとおとうみのかみひさみち》……御側御用取次。紀州から吉宗について江戸へ来る。聡四郎とともに、将軍吉宗を支える。

徳川吉宗《とくがわよしむね》……徳川幕府第八代将軍。紅を養女にしたことから聡四郎にとって義理の父にあたる。聡四郎に諸国を回らせ、世の中を学ばせる。

菜《さい》…………袖の妹。伊賀の女郷忍。聡四郎と旅先で出会い、江戸へきて、播磨麻兵衛とともに水城家の警固を担う。

播磨《はりま》麻兵衛《おへえ》…………もとは伊賀の郷忍。すでに現役を退いて隠居、後進の指導にあたっていた。聡四郎と旅先で出会い、聡四郎の助をすることに。

山路《やまじ》兵弥《ひょうや》…………もとは伊賀の郷忍。すでに現役を退いて隠居。播磨麻兵衛とともに、聡四郎と旅先で出会い、助をすることになる。

村垣《むらがき》源左衛門《げんざえもん》…………御庭之者の御休息の間番。将軍吉宗によって、紀州家から幕臣に取り立てられ、吉宗の手足となる。

遠藤《えんどう》湖夕《こゆう》…………御広敷伊賀者組頭。藤川義右衛門の脱退で、将軍吉宗によって、山里伊賀者組頭から御広敷に抜擢される。

藤川《ふじかわ》義右衛門《ぎえもん》…………もと御広敷伊賀者組頭。聡四郎との確執から敵に回り、江戸の闇を次々に手に入れる。

鞘蔵《さやぞう》…………藤川義右衛門の配下。藤川義右衛門の誘いに乗って、御広敷伊賀者を抜けた。

聡四郎巡検譚 六

総力

第一章　闇の棲家

一

御広敷伊賀者《おひろしきいがもの》の巻野砂太郎《まきのさたろう》は、目を血ばしらせて江戸の町を探し回っていた。

「遊佐《ゆさ》、おまえの弟は大柄であったな」

「あ、ああ。拙者《せっしゃ》とはまったく逆で、身の丈六尺（約一・八メートル）近い」

問われた遊佐がうなずいた。

「六尺となれば、目立つはずだ」

巻野砂太郎があらためて周囲に目をやった。

男でも五尺（約一・五メートル）ほどしかないのが普通である。女ならばさらに三寸（約九センチ）から五寸（約十五センチ）低い。

そんななかで一尺（約三十センチ）から大きいとなれば、頭一つ出ていることになる。

両国《りょうごく》広小路の賑《にぎ》わいのなかだからこそ、目立つ。

「おらぬな」

巻野砂太郎が肩を落とした。

吉宗《よしむね》から厳しく叱られた御広敷伊賀者組頭《くみがしら》遠藤《えんどう》湖夕《こゆう》が、伊賀者たちを鼓舞《こぶ》して数日が過ぎている。

御広敷伊賀者は大奥の警固《けいご》を担当する当番以外、それこそ部屋住み、隠居、元服《げんぷく》前の子供まで出して、藤川《ふじかわ》義右衛門《ぎえもん》一味の探索に走り回っていた。

「当たり前じゃ。堕《お》ちたとはいえ、もとは伊賀組の者ぞ。隠形《おんぎょう》に入られては、なかなか見つけられぬわ」

三人一組での探索である。巻野砂太郎、遊佐、そして隠居した老齢の伊賀者で組んでいる。その老齢の伊賀者が、巻野砂太郎の焦りをあしらった。

「しかしだな、山岡《やまおか》どのよ。見つけられねば、御広敷伊賀者は潰《つぶ》されるのだぞ」

「ふん。仲間を討ってまで生き延びたいか」

山岡と呼ばれた老齢の伊賀者が嘲笑《ちょうしょう》した。

「なにをっ」

「そもそも攫《さら》われたのは、上様のお血筋ではないというではないか。かの憎い御広敷用人だった水城《みずき》の娘など、我らが命を懸けて救う意味はない」

驚いた巻野砂太郎に、山岡が表情をゆがめた。

「そもそも上様が、我ら伊賀者を冷遇されたことが原因《もと》じゃ。今までのように探索は伊賀者に任しておればよかったのよ。それを紀州《きしゅう》の山奥から連れて来た庭之者《にわのもの》などという、庭掃除しかできぬ小者《こもの》を使われるから、藤川が怒ったのだ」

「…………」

巻野砂太郎が山岡の言いぶんに絶句した。

「なあに、たとえその子供が死んだところで、我らに咎《とが》めはあるまい。上様にとってたかが義理の娘が産んだだけ。一応のお叱りで終わろう」

「どうしてそうだと言える」

感情をなくした声で巻野砂太郎が問うた。

「簡単なことよ。御広敷伊賀者がいなくなれば、誰が大奥を守るのだ。もう、山里《やまざと》伊賀者、小普請《こぶしん》伊賀者、明屋敷《あきやしき》伊賀者から人を抜くことはできぬぞ」

山岡が堂々と考えを主張した。

藤川義右衛門が逃げたとき、御広敷伊賀者の何人かが同行した。その欠員を埋める形で、山里伊賀者が異動。それを補うとして伊賀組の次男、三男があてられた。結果、人数は揃っているが、経験のない者が現場に配置されることになり、まず大奥警固の御広敷伊賀者として、まともに使える者はいなくなっていた。

「上様のお言葉は脅しだと」

「そうじゃ。それくらい見抜けぬで、よくぞ御広敷伊賀者が務まるの」

山岡があきれた。

「御隠居どのは、上様が大統《たいとう》をお継ぎになる前に、退《ひ》かれたのであったか」

「そうじゃ。七代さまがお亡くなりになられたのを機にな、家督《かとく》を譲ったのよ」

訊《き》いた巻野砂太郎に、山岡がうなずいた。

大奥の屋根裏に忍んだり、遠国《おんごく》へ探索御用に出ていく伊賀者は、体力と気力が要る。他の役職とは大いに違う。勘定方が、経験を重ねることで上達していくのとは逆に、歳《とし》を取れば動きが鈍くなり、任を果たせなくなる。

そのため、伊賀者の隠居は四十歳くらいと早かった。

「なるほどな」

大きく巻野砂太郎がため息を吐《つ》いた。

「上様のことをなにも知らぬのだな」

「知っておるわ。先代将軍家継《いえつぐ》さまの傅育《ふいく》役間部《まなべ》越前守《えちぜんのかみ》さまから、御三家を調べるようにとの御命があり、儂《わし》は和歌山《わかやま》まで行ったのだぞ」

「なにを見て来られた」

胸を張った山岡に、巻野砂太郎が尋ねた。

「情けない主君よ。絹ものを買えず、膳の上に一汁一菜しかのっていなくとも、文句一つ言わず、金を節約するのに汲々《きゅうきゅう》としていたわ」

山岡が口の端を吊り上げた。

「それはお手柄であったの」

「おうよ、紀州の庭之者など、儂の影を見ることさえできなかったわ」

褒《ほ》めた巻野砂太郎に、山岡が自慢げに告げた。

「では、行こうか」

巻野砂太郎が無駄話は終わろうと、手を振った。

「なにを言っている。無理はせずともよいとわかっただろう。のう、遊佐。そなたも無駄なまねはしたくなかろう」

山岡がずっと黙っていた遊佐に同意を求めた。

「たしかに、無駄な手間は避けたいところでございまする」

遊佐が首を縦に振った。

「であろう。では、組屋敷に戻ろうではないか」

遊佐から巻野砂太郎に顔を向けた山岡が、促した。

「……………」

「ぐあっ」

無言で遊佐が、山岡の背中を手裏剣で突いた。

「な、なにをっ」

「無駄なまねはしたくないと言ったぞ」

遊佐が深く手裏剣を押しこんだ。

伊賀者が遣う棒手裏剣は、小指の半分ほどの厚みの鉄針である。その片方が槍の穂先のように尖っており、投げても、手に持ったままでも遣えた。

「がはっ」

肝臓を深々と傷つけられた山岡が、うめき声を漏らした。

「静かにしろ。最期くらいはな」

すっと巻野砂太郎が、山岡の喉を指でつまむようにしてはさみ、声が出せないようにした。

「隠居して、孫を鍛えるだけの日々は楽しかっただろうがな。その孫に継がせる家が消え去るということに、気がつかぬとは鈍りすぎじゃ。上様は脅しを口にされぬ。言われたことはかならず果たされる」

「…………」

そんなことはないと言いたかったのだろうが、声の出ない山岡が必死に首を左右に振った。

「和歌山に入りこんでいろいろ調べてきただと。見せられただけと気づかぬのか。七代さまがご存命の間に、将軍への野心なんぞ見せてみろ、間部越前守が放っておくはずなかろう。間部越前守は家継さまがおられなくなれば、そのまま権力の座から滑り落ちる。甲府《こうふ》の能《のう》役者から、老中格《ろうじゅうかく》にまで登りつめた栄光が潰《つい》える。なんのために間部越前守が御三家に隠密《おんみつ》を放ったのか、それにも気づいておらず、庭之者たちに踊らされていたとはの」

あきれた顔で巻野砂太郎が述べた。

「もう逝《い》かせてやれ」

「はっ」

巻野砂太郎に促された遊佐が、肝臓を裂くように手裏剣でえぐった。

「ひくっ」

山岡の目がまぶたのなかへ吸いこまれるようにあがった。

「まだいたのか、上様を侮《あなど》る輩《やから》が」

酔っぱらいを介抱するように、左右から絶息《ぜっそく》した山岡を支えながら、巻野砂太郎があきれた。

「隠居すると組屋敷からも出なくなりまするし……」

貧しいことこの上なしの伊賀者同心である。よくて三十俵《ぴょう》二人扶持《ぶち》、悪ければ二十俵三人扶持、金にして一年十両あるかないかでは、暇だからといって物見遊山《ものみゆさん》に出かけることなどできなかった。

「……なにより、家を継いで当主となった者は、たとえ父といえども、お役目のことは話しませせぬ」

政《まつりごと》の密に触れることが多いため、伊賀者には厳秘が義務づけられている。

遊佐が小さく首を横に振った。

「とにかく戻るぞ。山岡のこともある。一度、組頭さまにご報告申しあげねばならぬ」

「はっ」

巻野砂太郎の指図に遊佐がうなずいた。

「……行ったか」

その様子を離れたところから見ていた者がいた。行商人の姿を取った御広敷伊賀者を抜けた男であった。

「あれは巻野と遊佐、それに山岡の隠居だった。それがなぜ……とりあえず、藤川さまにお報《しら》せせねばなるまい」

抜忍《ぬけにん》が両国橋を渡った。

藤川義右衛門は、深川《ふかがわ》の無住寺《むじゅうじ》を根城《ねじろ》にしていた。

しっかりと頭を剃り、墨衣《すみごろも》をまとった姿は、修行を積んだ僧侶《そうりょ》そのものであった。

「住職さま、店の看板を書いていただけませんか」

最近、深川に店を開いたばかりの船宿の主人が、藤川義右衛門に頼みこんでいた。

「愚僧ごときでよろしいのかの」

藤川義右衛門が、手のなかで数珠を繰りながら、首をかしげた。

「長らく無住であった、こちらの寺を復興くださったのでございまする。それまでは、無住なのをよいことに、博打打《ばくち》ちや無頼《ぶらい》の者がたむろして、昼間でも歩けぬくらい物騒《ぶっそう》でございましたが、おかげさまでみょうな者どもも寄りつかなくなり、近隣の者、皆喜んでおりまする」

「いやいや、愚僧はなにもいたしておりませぬよ。ただ、御仏の道を示しただけで」

禿頭《とくとう》をなでながら、藤川義右衛門が照れた。

「ですので、是非に」

「そこまでおっしゃるならば、悪筆ではございますが……川島《かわしま》屋さまの看板を書かせていただきまする」

重ねて頼んだ川島屋という船宿の主《あるじ》に、藤川義右衛門が首肯《しゅこう》した。

「よろしくお願いをいたしまする。些少《さしょう》ではございますが、お布施《ふせ》を」

川島屋があらかじめ用意していたふくさ包みを差し出した。

「これはかたじけない。遠慮なくちょうだいいたしまする」

藤川義右衛門が手を伸ばして、ふくさ包みを開いて、なかに入っていた三枚の小判を受け取った。

「書き上げましたら、お報せいたしまする」

「お待ちしておりまする」

猶予《ゆうよ》をくれと言った藤川義右衛門に、深々と頭を下げて川島屋が去っていった。

「……待たせたな」

小判を手にしたまま、藤川義右衛門が本堂の外で待っていた抜忍に声をかけた。

「いえ」

音もなく、抜忍が本堂に入ってきた。

「堂に入っておられますな」

抜忍が感心した。

「仏の道を説くところなど、なかなかの名僧ぶりでございました」

「説法ではないぞ。そのままの意味よ。ここに居座っていた連中は、仏の道に案内してやったろう。もっとも極楽へ行けてはおるまい。地獄へまっさかさまだがの」

藤川義右衛門が笑った。

「ところで、なにがあった」

「それでございますが……」

問われた抜忍が見てきたことを語った。

「ほう、両国広小路で巻野と遊佐が山岡の隠居を殺したか」

さすがの藤川義右衛門も少し驚いた。

「一体何が……」

「……そうよな」

問われた藤川義右衛門が思案した。

「御広敷の伊賀者が、両国広小路にいたのは、まずまちがいなく我らのことだろう」

「赤子《あかご》をさらった我らを探していると」

「ああ」

言った抜忍に藤川義右衛門がうなずいた。

「しかし、それならば山岡の隠居を殺さずとも」

「尻に火が付いたのよ、御広敷伊賀者のな。ただ、隠居にはそれがわからなかった。己の家の火事を対岸のものだとしか感じていなかったのだろう」

「そのていどで仲間を……」

耕地が少ない伊賀は、多くの人を支えるだけの地力がなかった。赤子、年寄りの口減らしをすることで生き残ってきたからか結束が固い。

「おそらくだが……吉宗からこれが最後だと突きつけられたのであろう」

「最後……」

　抜忍が息を呑んだ。

「赤子を無事に取り返せなければ、伊賀組はなくなるとな」

「伊賀組がなくなる」

　呆然《ぼうぜん》と抜忍が繰り返した。

「捨てたのは、おまえだぞ。今更、なにを思う」

「……でございました」

　藤川義右衛門に責められた抜忍が落ち着きを取り戻した。

「必死で来るぞ。相手が兄弟だとか、従兄弟《いとこ》だとかで切っ先が鈍るようでは、死ぬぞ。いや、おまえだけではない。我らを巻きこんで破滅することにな」

「…………」

　抜忍が黙った。

「覚悟を決めろ」

　藤川義右衛門が迫った。

二

娘の紬《つむぎ》が攫われたと報された道中《どうちゅう》奉行副役《そえやく》水城聡四郎《そうしろう》は、家士《かし》の大宮玄馬《おおみやげんば》を伴って、東海道を馬で駆けていた。

「殿、少し速すぎまする」

大宮玄馬が、休ませることなく馬を急《せ》かす聡四郎に並んで諫《いさ》めた。

「……………」

応じることなく、無言で聡四郎は鐙《あぶみ》を踏みしめた。

「いけませぬ。いかに紬さまのことがご心配でも、このままでは馬が潰れてしまいまする。なにより、殿のお身体が保《も》ちませぬ」

左手を伸ばして、大宮玄馬が聡四郎の馬の手綱《たづな》を握った。

主君の左に回ることは、家臣として許されないことである。左腰に両刀を差す都合上、左は弱点になる。

大宮玄馬は利き腕でない左手で、なんとか聡四郎を制しようとした。

「離せ、玄馬」

聡四郎は低い声で命じた。

「いいえ、離しませぬ」

一度も聡四郎に逆らったことのない大宮玄馬が、強く拒否した。

「おのれは、主の言うことを聞けぬと申すか」

「聞けませぬ。どうしてもこのまま進まれるというならば、わたくしをお手討ちになさってからにしていただきまする」

怒りを含んだ聡四郎にも大宮玄馬は引かなかった。

「…………」

「何卒《なにとぞ》、何卒、半刻《はんとき》（約一時間）の休息を」

無言で睨《にら》む聡四郎に、大宮玄馬は嘆願《たんがん》した。

「……小半刻《こはんとき》（約三十分）ぞ」

「かたじけのうございまする」

ようやく手綱を緩《ゆる》めた聡四郎に、大宮玄馬が安堵《あんど》した。

「…………」

無言で馬を止め、鞍《くら》から下りた聡四郎が街道脇の松の木に背を預けた。

「ご苦労であった」

大宮玄馬は少し離れたところにある水場へ二頭の馬を連れていき、水を飲ませ、背中の汗を拭った。

「すまぬが、もう少し頑張ってくれ」

馬の鼻面《はなづら》をなでて、大宮玄馬が機嫌を取った。

「すまぬ」

小さな声で聡四郎が詫《わ》びた。

「危うく、馬を潰してしまうところであった」

人より速く、長く駆け続けられるとはいえ、馬も生きものである。休みを与えないとどこかで崩れる。

走っている最中に馬が足をもつれさせて転べば、乗っている者は大けがをすることになった。

「いいえ、わたくしこそ出過ぎたまねをいたしました」

ようやく、現況に気付いた聡四郎に、大宮玄馬は頭《こうべ》を垂れた。

「師に叱りつけられるな」

聡四郎が水場に近づき、頭を突っこんだ。

「……ふうう」

顔を上げて、聡四郎がため息を吐いた。

「子というものが、ここまで心を乱すとはの」

「…………」

しみじみと言った聡四郎に、大宮玄馬は無言で応じた。

「かつて、婚姻をなす前だがの。紅《あかね》は何度も危ない目に遭った。そのたびに、心《しん》の臓《ぞう》が握りつぶされるかと思うほど心配したものだが、子供というのは別物だ。他のことがなにも考えられなくなるほどにきつい」

「お察しいたしまするとも申せませぬ」

嘆く聡四郎に大宮玄馬はなんとも言えない顔をした。

大宮玄馬は、伊賀の郷《さと》の女忍袖《そで》と婚姻の約を交わしている。とはいえ、水城家を取り巻く状況に、なかなか祝事をおこなうだけの余裕がなく、先延ばしになっていた。当然、大宮玄馬は独《ひと》り身であり、妻はもちろん、子供もいなかった。

「いずれ、わかるときがくる。気にするな」

聡四郎が、大宮玄馬の気遣いに感謝した。

「しかし……」

落ち着いた聡四郎が、顔を手ぬぐいで拭きながら、話し始めた。

「……藤川はなにを考えておるのだろうか。吾《わ》が娘だからといって攫う意味がない。吾《われ》をおびき出すには、時期が悪い」

聡四郎は吉宗の命で、京、大坂《おおさか》などへ視察に出ていた。紬を人質にしたところで、とても間に合わなかった。

「上様への恨みでございましょうか」

ときの将軍が恨まれているというのは、言いにくい。おずおずと大宮玄馬が訊いた。

「それはあるだろうな。ただ……」

言いかけた聡四郎が口ごもった。

「紬で、上様にどこまで影響が……」

「…………」

聡四郎の懸念《けねん》に、大宮玄馬も詰まった。大宮玄馬は聡四郎の供をしていた関係上、何度となく吉宗を見ている。それどころか、陪臣《ばいしん》としては末代《まつだい》までの誉れと誇れるお声がかりを受けてもいた。

だけに、吉宗の冷徹さ、目標を達するためならば、すべてを犠牲にできる果断さも十分に知っていた。

「お見捨てにはならぬと思うが……」

難しい顔を聡四郎はした。

「あれほど紬さまをかわいがっておられたのでございまする。きっと上様もお心を砕かれておられましょう」

「であればよいがの。さて、もう休みもよかろう。発つぞ」

聡四郎が馬にまたがった。


四谷《よつや》にある伊賀組屋敷へ戻ってきた巻野砂太郎は、山岡の遺体を遊佐に任せると、そのまま組頭遠藤湖夕の長屋へと向かった。

遠藤湖夕は紬の探索を何よりの重大事と捉《とら》え、登城せずに組屋敷に留まって、情報が集まるのを待っていた。

「組頭」

「どうした、巻野。なにか手がかりでも見つけたか」

飛びこんできた巻野砂太郎に、遠藤湖夕が期待を見せた。

「山岡の隠居が……」

首を振った巻野砂太郎が述べた。

「……隠居がそのようなことを」

聞き終わった遠藤湖夕が、ため息を吐いた。

「世間が見えぬではなく、己の考えに固まっている」

「はい」

情けない顔をした遠藤湖夕に、巻野砂太郎が首肯した。

「隠居して、まだ数年の山岡でさえ、それなのだ。他にも同じような考えを持っている者はおるな」

「おりましょう」

「これでは探索が進まぬはずじゃ。一組三人のうち、一人にやる気がなければ、十分《じゅうぶ》のうち三分に穴が開く」

一層苦く遠藤湖夕が頰をゆがめた。

「伊賀者ならば、三分もあれば昼寝ができる」

「いかがなさる」

巻野砂太郎が遠藤湖夕に問うた。

「むうう」

「組頭、おるか」

遠藤湖夕が腕組みをしながら悩んでいたところに、御広敷伊賀者が血相を変えて走りこんできた。

「山岡か」

入ってきた御広敷伊賀者を遠藤湖夕がちらと見た。

「そこにいたか、巻野。きさま、父を殺したというはまことか」

巻野砂太郎を見つけた山岡の当主が指さした。

「ああ」

短く巻野砂太郎が認めた。

「きさま、よくも父を……」

山岡の当主が怒りを強くした。

「静かにせい」

遠藤湖夕が山岡の当主を叱った。

「組頭っ。こやつは伊賀の掟《おきて》に逆らって、組内の者を手にかけたのでござるぞ。決まりに照らし、処断するのが組頭の仕事でござろう」

山岡の当主が、遠藤湖夕に顔を向けた。

「組頭の指図には従うというのも、決まりであったはずだが」

遠藤湖夕が目を細めて、山岡の当主を睨んだ。

「父が決まりに従わなかったと」

「今回の上様の御命、なにがあっても果たさねばならぬというのは、おまえもわかっておろう」

「もちろんじゃ。上様の御諚《ごじよう》は徒《あだ》や疎《おろそ》かにしてはならぬ」

「それは当主だけのことか」

「いいや、伊賀組に籍のある者は老若男女にかかわらず、目標に向けて……」

そこまで口にして、ようやく山岡の当主が気付いた。

「まさか……」

山岡の当主が怖れを含んだ目で、巻野砂太郎を見た。

「…………」

無言で巻野砂太郎が見つめ返した。

「馬鹿な。父は五代将軍綱吉《つなよし》さまから、六代家宣《いえのぶ》さま、そして七代家継さまと二十五年にわたって、御広敷伊賀者を務めてきたのだぞ。他の誰が組を裏切ろうとも、父だけは決して、決して……」

「裏切ったといったところで、藤川づれに通じたというわけではない」

話し出した遠藤湖夕に、山岡の当主が瞬《まばた》きもせずに聞いた。

「おぬしの父はの、上様をなめたのよ、つまりは今回のことを軽《かろ》んじていた。上様は決して伊賀組を潰せないと嘯《うそぶ》き、紬さまを探そうとはしなかった」

「……そ、そんなわけがあるものか」

山岡の当主が巻野砂太郎をきっと睨んだ。

「おまえが父を殺した言いわけに偽りを……」

「伊賀者の名にかけて嘘ではない」

巻野砂太郎が重い声で宣した。

「…………」

名にかけるというのは、命をかけるに近い。山岡の当主が黙った。

「ちょうどよいわ。巻野、組内の者で、長屋に残っている者を集めよ。儂がもう一度話をする」

遠藤湖夕は山岡の隠居の死を使って、もう一度伊賀組を引き締め直そうと考えた。

三

南町奉行大岡越前守忠相《おおおかえちぜんのかみただすけ》は、一度命を下したまま、報告さえ求めてこない吉宗に震えあがっていた。

「普通ならば、どうなっているかを把握したくなるものだが……」

大岡越前守は首をかしげた。

「怒った振りをなさっていただけなのか」

政《まつりごと》というのは、表裏一体である。表だけを見てそれがすべてだと思いこむのは、民ならば許される。

だが、町奉行という幕府の要職にある旗本《はたもと》が、それでは話にならなかった。

「上様の真意をはからねばならぬ」

役人というのは、気働きが肝心であった。なにせ上役がいつも正直にすべてを話しているとは限らないのだ。

「任せたぞ」

この一言にどれだけの意図が含まれているか、それを見抜けないようでは町奉行という難役は務まらない。いや、見抜いたうえで、それ以上のことをしてみせねば、町奉行を経て大目付《おおめつけ》、あるいは留守居《るすい》などの顕職《けんしょく》への出世はない。

伊勢《いせ》神宮という権威が千年以上支配している伊勢山田《やまだ》で奉行を勤めあげた大岡越前守である。他人の言うことを鵜呑みにしない癖が付いていた。

「とはいえ、上様のお言葉は絶対である」

なんとしてでも紬を探し、藤川義右衛門を捕まえろと、吉宗は厳命した。手を抜いていたなどと知られては、まちがいなく身の破滅になる。

「どうするかの……」

大岡越前守は少し悩んだ。

「……誰かおらぬか」

思案を終えた大岡越前守が手を叩いた。

「なにか」

隣室で控えていた内与力《うちよりき》が顔を出した。

内与力は町奉行となった旗本の家臣から選ばれ、主君と与力、同心らとの間をつなぐ。役目柄、世慣れた老練な家臣が選ばれた。

「真田《さなだ》をこれへ」

「はっ」

主君の命に、内与力がうなずいた。

「お呼びで」

待つほどもなく、壮年で小柄な同心が大岡越前守の前に膝を突いた。

「よく参った」

まず大岡越前守がねぎらった。

「お役目でございますか」

真田が問うた。

「うむ。そなたに、本郷御弓町《ほんごうおゆみちょう》にある旗本水城聡四郎の屋敷を見張ってもらいたい」

「本郷御弓町の水城さま……申しあげるまでもございませんが、町奉行所は旗本に手出しすることは許されておりませぬ。旗本本人だけではなく、中間《ちゅうげん》、小者、女中に至る奉公人にも、なにもできませぬ」

大岡越前守の命に、真田が警告を発《はっ》した。

「それくらいは知っておるがの。この話は他言無用である」

「隠密廻《おんみつまわ》り同心に不要な念押しでございまする」

釘を刺した大岡越前守に、ちらと真田が不快そうに眉をひそめた。

「であったな。隠密廻り同心は奉行直属、うかつなまねをすればただではすまぬ」

大岡越前守がうなずいた。

「なれば……もそっと寄れ」

念のため、大岡越前守が真田を手招きした。

「ごめんを」

断りを入れて真田が大岡越前守の目の前に近づいた。

「上様の義理娘さまがお産みになった御子が攫われたことは知っておるな」

「聞いてはおりまする」

確認された真田が首肯した。

「水城というのは、その……」

真田が気づいた。

「…………」

無言で大岡越前守が肯定した。

「よろしいので」

「町奉行所として姫さまの探索をせねばなるまい」

「……それと旗本の屋敷を見張る意味が、どうかかわって参りまするので」

告げた大岡越前守に、真田が疑わしそうな顔をした。

「姫さまを攫った者を、誰がもっとも必死になって探すと思う」

「それは家族でございましょう。まさか……」

大岡越前守の真意を悟った真田が絶句した。

「そういうことだ」

「か、家族を見張っていて、それを横取りされるおつもりか」

首を縦に振った大岡越前守に、真田が目を剝《む》いた。

「悪事を働いた者は、すべからく町奉行所が捕らえねばならぬ」

「無茶な！」

「昨今、町奉行所の情けなさが御上《おかみ》でも話題になっておる」

反論しようとした真田を無視して、大岡越前守が話し続けた。

「町奉行所は役に立たぬ、火付盗賊改方《ひつけとうぞくあらためかた》こそ、天下の城下町を守るにふさわしいとか、町奉行所の役人は金に汚いだとか言われていることくらい、そなたも知っておろう」

「それは……」

真田が詰まった。

「このままでは町奉行所の権威は地に落ちる。ばかりではない、諸事《しよじ》倹約のおりから、町奉行所から罪人捕縛の権を取りあげ、人を減らし、役高《やくだか》をさげてはどうだという話も出ておる」

「そのような話が」

聞いた真田が驚愕《きようがく》した。

どれほど隠密廻り同心が、定町《じようまち》廻り同心であったころ手柄をあげた腕利きだったとしても、不浄職と蔑《さげす》まれる身分である。城中のことまで知ることはできなかった。

「あまりにも実状を知らぬ言葉だが、ご老中さまがたのお考え次第でそうなりかねぬ。町奉行の役高は三千石、それでも足りぬというに」

役高というのは、その役目に就くならばそれくらいの石高《こくだか》がないとやっていけないという基準である。町奉行なら町奉行に就任したときに、役高まで加増される。役料《やくりよう》という、その役目に就いている間だけ与えられる経費代わりのものとは違い、御役御免《おやくごめん》となってからもそのままもらえた。

その代わり、役高以上の禄を持っている場合は、何一つ援助はもらえなかった。

「役高はまあよい。問題は人員じゃ。町奉行所は今でも人手不足じゃ。与力二十五騎、同心百二十人で、城下の平穏を維持するのでさえ難しいというに、それを減らされたらどうなる」

「手が回らなくなりまする」

問うた大岡越前守に、真田が答えた。

「であろう。これだけは阻止せねばならぬ。火付盗賊改方は、怪しい者を斬り殺していればすむが、町奉行所は捕まえて吟味《ぎんみ》をし、罰を的確に与えなければならぬ。いや、それは町奉行所の一部でしかない。町奉行所のお役目は、江戸市中の施政、火防、水利などもろもろを見ることこそ肝心。それは手慣れた者でなければならぬ。槍や刀を振り回すしか能のない火付盗賊改方づれには無理じゃ」

「まことに」

真田が吾が意を得たりとばかりに首肯した。

「だが、現状、ご老中方をお諫めするだけの材料がない」

「…………」

ため息を吐いた大岡越前守に真田がうつむいた。

「水城家の当主は今、お役で遠国じゃ。旗本を利用するようで心苦しいとは思うが、そこは町奉行所のためじゃ。呑みこんでくれ」

「……そこまでお奉行さまがおっしゃるならば」

真田が苦渋《くじゅう》に満ちた顔で引き受けた。

隠密廻り同心は、新任の町奉行が、同心のなかからとくに選んで直属とする。筆頭与力の支配を受けず、ただ町奉行の指示に従う。町奉行の退任に伴って隠居するのが通例とされており、まさに一蓮托生《いちれんたくしょう》であった。

「では、早速に」

真田が大岡越前守の前から下がった。

「思わぬ出世で町奉行になれた。かつて一族の連座で一度は謹《つつし》みを命じられた身としては望外《ぼうがい》の地位じゃ。なればこそ、この上を夢見てもよかろう」

一人になった大岡越前守が呟《つぶや》いた。

富岡《とみがおか》八幡宮の側《そば》が怪しいと探索に出ていた伊賀の女郷忍菜《さい》の報告を受けた入江《いりえ》無手斎《むてさい》は、二手に分かれることを提案した。

「少しでも早く紬さまのお身柄をお助けせねばならぬが、屋敷を留守にはできぬ」

「はい」

頬をゆがめながら言った入江無手斎に、播磨麻兵衛《はりまおへえ》がうなずいた。

「我らすべてが出ていったところを、またも藤川に襲われたら、奥方さまをお守りできぬ」

「…………」

袖が唇を噛んだ。

長く伊賀の郷の女忍として働き、聡四郎と大宮玄馬を襲いながら生き残ったほどの腕を持つ袖でも、藤川義右衛門には勝てない。その配下に堕ちた抜忍くらいならばどうにかできるが、それとて一対一という条件があればである。

戦えない紅をかばいながらとなれば、袖は思うように動けなくなる。下手をすれば、紅を人質に取られ、抵抗できなくなる。

「二度の失態は許されぬ」

入江無手斎がじっくりと一同を見回した。

「…………」

無言で全員が、覚悟のほどを返した。

「そこで儂が残る」

「よろしいのでございますか、御師《おし》」

紬が驚いた。

あのとき敵の陽動に引っかかって、紬を奪われた入江無手斎が、どれほど己に腹を立てているか、誰もが知っていた。

「儂と紬で奥方さまを守る。儂が出れば、山路《やまじ》と播磨も残さねばならなくなる」

「……たしかに」

「そのとおりでござるな」

二人で入江無手斎一人分だと言われた山路兵弥《ひょうや》と播磨麻兵衛が苦い顔で認めた。

山路兵弥も播磨麻兵衛もこの歳になるまで、伊賀の郷忍として働き、大きな傷一つ負わずに来た。伊賀の郷でも指折りの遣い手であることはまちがいなかった。

しかし、それは盛《さか》りのころの話であった。飛んだり跳ねたり、手裏剣を投げたり、忍刀で敵を倒すには、体力だけではなく気力も要る。

歳を重ねれば、経験という技が蓄積される。だが、その技も支える体力がなければ、十全に発揮できなくなる。

「二十年、いや十年前ならば、藤川らごとき我らのうち一人がおれば、全滅させてくれたものを」

山路兵弥が悔しそうに言った。

「そもそも姫さまを奪われなどせぬ」

播磨麻兵衛も歯がみをした。

「歳というのは、誰も勝てぬ強敵よ。かの宮本武蔵《みやもとむさし》でさえ、晩年は後進の育成の助けになればと『五輪の書《ごりんのしょ》』を記したというが、あの血狂い武蔵じゃぞ。動ける限りは人斬りを止《や》めなかったはずだ。戦えば負けるとわかったゆえ、不敗の剣聖の名を守るために洞窟へ逃げこんだに違いない」

入江無手斎が続けた。

「なにより、この手がまともであれば……」

宿敵浅山鬼伝斎《あさやまきでんさい》との戦いで、右手が使えなくなった入江無手斎がうなだれた。

「このようなことになるならば、鬼伝斎など相手にしなかったものを」

「それは違いまする」

後悔を口にした入江無手斎に、袖が首を横に振った。

「そのころわたくしは、当家にお仕えいたしておりませんでしたが、奥方さまよりお話は伺《うかが》っておりまする」

袖が紅から聞いた話だと前置きした。

「御師は剣術遣いでおわしましょう。もし、浅山鬼伝斎との戦いがなければ、当家に寄食《きしょく》なさいましたでしょうか」

「いや、腕が使えたならば、今でも道場を続けていたろうな」

入江無手斎が首を横に振った。

「なるほどの。紬の言うとおりじゃ。聡四郎が……」

久しぶりに入江無手斎は聡四郎を殿ではなく、名前で呼んだ。

「儂の道場の門を叩かなければ、聡四郎が家を継がなんだら、聡四郎が紅どのと出会わなんだら、儂が鬼伝斎と戦わねば……儂がここにおらぬ理由はいくらでもあるな。よほど儂も頭に血がのぼっていたと思える」

入江無手斎が苦笑した。

「さて、すまなんだな。儂のことで手間を取らせた。では、儂と紬が残る」

「お待ちを。わたくしと姉さまを入れ替えてはいただけませぬか」

菜が申し出た。

「恥ずかしながら、わたくしと姉さまでは二枚は違いまする。少しでも探索に力のあるお方が加わられたほうが……」

「それはできぬ」

まだ話の途中の菜を入江無手斎が制した。

「菜、そなたを侮っているのではない。袖と同じ働きができぬのではないかと疑ってもおらぬ」

「ではなぜ」

つい先日加わったばかりで信用がないから、紅の守りを預けてもらえないのではないかと、菜はまだ疑っていた。

「奥方さまが保《も》たぬ」

「えっ……」

小さく首を横に振りながら言った入江無手斎に、菜が戸惑った。

「奥方さまは、紬さまを奪われて以来、心が弱られている。そして、それを支えるべき連れ合いは遠い空の下じゃ。つまり奥方さまは、袖にすがることでなんとか頑張っておられるのだ。悪いが菜ではまだ共に過ごしたときがなさすぎる」

「考えがたりませなんだ」

入江無手斎の説得に、菜が頭を垂れた。

「いや、そなたの考えは正しい。ただ、事情が許さぬだけよ」

もう一度、入江無手斎が菜を宥《なだ》めた。

「では、それぞれに頼むぞ」

「お任せあれ」

播磨麻兵衛が胸を叩いた。

「儂が指揮を執《と》るでよいな」

「頼む」

「どのようなことでもお命じくださりませ」

三人になった伊賀の郷忍が打ち合わせに入り、播磨麻兵衛がまとめ役となった。

「我らの顔は知られている。とくに菜は郷に残っているなかでも数少ない妙齢の女《おなご》じゃ。郷から逃げ出した馬鹿どもはまちがいなく気づく」

「ああ」

播磨麻兵衛の言葉に山路兵弥がうなずいた。

もう昔のように間引きなどはしなくなっているが、それでも伊賀の郷は人の数が増えるのを容認できるだけの力がない。

どうしても生まれてくる子供の数を制限しなければならず、村に近い歳頃の男女は少ない。着飾る、化粧をするなどしなくても、菜は目立っていた。

「そういえば、郷から抜けた者から、菜は夜這《よば》いをかけられたのではなかったか」

ふと山路兵弥が思い出した。

「三衛門《さんえもん》……」

嫌そうな顔で菜が名前を口にした。

「ああ、そうじゃそうじゃ。早場《はやば》の息子であったな」

播磨麻兵衛も思い出した。

「あれもいたのですね。忘れておりましたのに」

菜がため息を吐いた。

「女はきついの」

「だな」

播磨麻兵衛と山路兵弥が顔を見合わせた。

「押さえつけられそうになった女の気持ちをお考えくださいませ」

菜が二人の先達《せんだつ》をきっと睨んだ。

「すまぬな」

「よし、行くぞ。深川までは目立たぬように放下《ほうか》していく」

山路兵弥が詫び、播磨麻兵衛がさっさと逃げた。

「富岡八幡宮の本殿前で集合じゃ。先手は兵弥、頼む」

「任せよ」

首肯した山路兵弥が旗本の隠居が俳諧《はいかい》のまねごとをするために出歩くような、頭巾と袖無し羽織、たっつけ袴《ばかま》に白足袋《たび》姿で水城家の脇門から出ていった。

「十間《けん》（約十八メートル）は間を空けよ」

「承知いたしておりまする」

お仕着せを着た商家の女中に扮《ふん》した菜が、しばらく様子を見てから続いた。

「…………」

二人を送り出した播磨麻兵衛が音もなく跳びあがり、脇門の屋根へ張りついた。

「後をつける者はおらぬな」

菜の後ろ姿を目の中心におきながら、播磨麻兵衛が周囲を探った。

「誰も出さぬなどありえぬが……」

播磨麻兵衛が疑わしそうに眉間《みけん》にしわを寄せた。

「人手が足りぬのか、一気に攻め落とす気か」

難しい顔で播磨麻兵衛が呟いた。

「……考えるまでもないな。本気になった入江無手斎さまがおられる。男であったならば、名を残すだけの忍になったろうと惜しまれた袖もな」

播磨麻兵衛が脇門の屋根から降りた。

「さて、参るとしようか」

険しかった顔を好々爺然《こうこうや》としたものに一瞬で変えた播磨麻兵衛が、水城家を後にした。

四

遠藤湖夕が悄然《しょうぜん》とした様子で、吉宗の前に手を突いた。

「申せ」

御休息《ごきゅうそく》の間《ま》に近い、中庭の縁側で立ったまま吉宗が命じた。

「はっ」

遠藤湖夕が蹲《つくば》い石よりも小さく身を縮めた。

「まことに申しわけなき仕儀《しぎ》ながら……」

遠藤湖夕が伊賀組に残っていた甘い考えの者のことを隠さずに語った。

「ふん」

吉宗が鼻で笑った。

「実際を見ておらぬ限り、考えを変えられぬ頭の固い者が多いのは世の常ながら、隠密を承ってきた伊賀組がそれだとはな」

「恥じ入りまする」

あきれる吉宗に、遠藤湖夕は身を小さくした。

「だが、それを包み隠さず報告したことは認めてくれる」

「畏《おそ》れ入りまする」

咎めないと言った吉宗に遠藤湖夕が感謝した。

「で、どうすると」

伊賀組の戦力がかなり落ちたことはまちがいなかった。少しでも人手の欲しいときに痛いことだが、知らずに使っていて足を引っ張られるよりは数段ましである。

「なにとぞ、姫さまのご探索を続けさせていただきたく、伏して願いまする」

遠藤湖夕が必死に頼んだ。

「馬鹿どもはどうした」

諾否《だくひ》の前に、吉宗が問うた。

「隠居三人、部屋住み六人、高尾山《たかおさん》に送りましてございまする」

「高尾山だと」

吉宗が首をかしげた。

「ご存じないのも当然でございまする。高尾山には、我ら伊賀組の鍛錬場がございまする」

「ほう、伊賀組の鍛錬場か」

聞いた吉宗が興味を持った。

「はい。我ら伊賀組は十歳をこえて家督を継ぐ前に、伊賀の郷へ数年の修行に出まする。その後、家を継いでご奉公に出るのでございますが、お役目だけではどうしても技術が……」

「わかるぞ。大奥の警固や山里郭《くるわ》の見張りでは、忍の腕は振るいようがない。なにせ、なにも起こらぬのだからの」

吉宗が理解した。

「ご明察でございまする。なれど、それをよしとしていては伊賀組のお役目には耐えられませぬ。事と次第によっては、はるか遠国へ走り、その地の城のなかへ忍びこまねばならぬのでございまする」

「薩摩《さつま》飛脚《びきやく》というやつか」

「さようでございまする」

遠藤湖夕が首肯した。

薩摩飛脚とは、南の鹿児島まで行き、島津《しまづ》家の内部を探ってくる者のことをいう。国境の封鎖をして他国者の流入を監視し、隠密の入る隙《すき》をなくそうとしている島津家の網の目を潜らなければならず、よほど腕の立つ忍でなければ生きて江戸へ戻ってくることはできなかった。

「腕を鈍らせぬための鍛錬場……武術でいう道場だな」

「仰せの通りでございまする」

遠藤湖夕が頭を上下させた。

「だが、馬鹿どもは逃げ出さぬのか。逃げ出して、躬《み》への反撃とばかりに藤川に合流されては、より面倒になろう」

「できませぬ」

吉宗の懸念を遠藤湖夕がはっきりと否定した。

「高尾山には伊賀組でもっとも腕の立つ者が五人配されておりまする」

「もっとも腕の立つ者が……」

吉宗が遠藤湖夕の言いかたに引っかかった。

「なぜ、腕利きが江戸におらぬ」

「任に向かぬのでございまする。腕を磨くことにすべてをかけ、それ以外のことが頭に入りませぬ。薩摩へ行かせれば、それこそ城奥の御座《ござ》の間《ま》まで入り、寝ている当主の顔に落書きをして帰って来ることもできましょう。ただ……」

言いにくそうに遠藤湖夕が口ごもった。

「ただ、なんじゃ」

先を言えと吉宗が命じた。

「江戸から薩摩まで、いえ、箱根《はこね》までも行けないのでございまする。道を覚えませぬ。また、大奥警固にいたせば、女中ではなく、どうやってすばやく登るかと建物ばかりを見つめましょう」

「使いものにならぬのか」

「恥ずかしい限りでございまする」

遠藤湖夕がうなだれた。

「それで馬鹿どもの見張りができるのか」

当然の疑問を吉宗が抱いた。

「捕まえた敵の隠密を逃がさぬ鍛錬だと申し付けておりまする」

「……………」

遠藤湖夕の言葉に吉宗が何とも言えない顔をした。

「逃げようとは思いますまい。鍛錬場を出た途端……」

「……鍛錬か、それは」

「実戦に即せぬ鍛錬は、畳の上の水練でございまする」

逃げようとした者がどうなるかを読み取った吉宗に、遠藤湖夕が冷たい声で答えた。

「覚悟を見たわ。よし、そなたたちへの咎めはない。紬をそなたたちの手で無事に取り戻したならば、与力に引きあげてくれる。でなくとも紬が戻れば、減員したぶんの禄は返さずともよい」

「ありがたき……」

褒賞《ほうしよう》を呈示した吉宗に、遠藤湖夕が感激した。

「身の内の不始末は、外に知られるな」

「はっ」

伊賀組が割れているなどと知られれば、吉宗の将軍就任に不満を持っている者たちにとって、大きな足がかりになる。

「ご無礼を仕《つかまつ》りまする」

もう一度額を地面にこすりつけて、遠藤湖夕が走り去った。

「少しは見どころがあるようだ」

紬を見つけ出すまで顔を出すなと命じていたにもかかわらず、己たちの失策を隠すことなく報告しに来た。一つまちがえば、吉宗の怒りを買うことになり、遠藤湖夕は切腹、伊賀組は解体となっていた。

それでも隠していて、いつか知られるよりはましだと肚《はら》をくった遠藤湖夕の評価を、吉宗は一段上げた。

「水城、まだか」

足りない最後の駒を吉宗は思った。


富岡八幡宮の歴史は長い。

三代将軍家光《いえみつ》の御世、菅原道真《すがわらのみちざね》の子孫と名乗る長盛法印《ちょうせいほういん》が、永代島《えいたいじま》と呼ばれていた中洲に応神天皇《おうじんてんのう》を祀《まつ》ったことで始まった。

その後、八幡大明神を合祀《ごうし》したことで武士の崇敬《すうけい》を集めるようになり、徳川幕府の庇護《ひご》も受け、隆盛《りゅうせい》した。

それにつれて門前町も拡がり、浅草《あさくさ》ほどではないが人出も多く、両国橋を渡った本所《ほんじょ》、深川では随一の繁華を誇っていた。

「木の葉を隠すなら森のなかであったか」

門前町から一筋曲がったしもた屋に、藤川義右衛門の手の者が潜んでいた。

「赤子の泣き声も、この辺りならば当たり前じゃの」

紬と乳母《うば》の見張りに残っている抜忍たちが、笑い合った。

「おい、交代じゃ」

上から声がした。

「ほい、もうそんな刻限が経ったか」

あぐらをかいていた中年の抜忍が、腰をあげた。

「なにもなかったか」

「ああ。誰もこちらを見ておらぬぞ」

交代に降りてきた抜忍が、腰を下ろしながら報告した。

「よし」

中年の抜忍が音も立てず、天井の桟《さん》へ飛びついた。

「しかし、泣かないの」

交代した抜忍が感心した。

「普通の赤子とは思えぬ」

もう一人の抜忍も同意した。

「とはいえ、腹が減れば泣く。空腹は慣れていないときついからな」

二人の抜忍が顔を見合わせた。

「そろそろ次を探さねばならぬの」

「ああ。最近、出が悪いようだ。なにせ閉じこめたままじゃ。泣くというだけなら赤子よりひどいでの」

ちらと奥のほうへ目をやった二人が、冷たい顔をした。

「いつまで続けるのだろう」

交代したばかりの抜忍がため息を吐いた。

「お頭のお考え次第だろうが……水城が江戸へ戻るまでではないか」

残っていた抜忍が推測した。

「吉宗へは、なにもせぬのか」

「無駄だろう」

交代で降りてきた抜忍は、伊賀の郷から来ている。対して残っていた抜忍は、御広敷伊賀者の出である。

吉宗を見たことがあるか、ないかの差が出ていた。

「人質にはならん。赤子の身柄を盾《たて》になにかを要求したところで、決して応じはせぬ」

残っていた抜忍が首を横に振った。

「そうなのか。たしかに血のつながりはないが、赤子を見捨てたとあれば、外聞も悪いし、なによりも水城が離反しよう」

郷から来た抜忍が首をかしげた。

「外聞が悪くなるだと……そうはいかぬ。天下に話を伝えるのは、幕府ぞ。日本橋《にほんばし》の高札場《こうさつば》に文字を書くのも幕府だ」

「風説《ふうせつ》の流布《るふ》は、我らの得意とするところだろう」

忍の役目は隠密だけではない。戦場で戦が始まる前に敵兵の士気を下げるために噂を流したり、勢力を減じるため城下にあることないことを流したりもした。

「違うな」

残っていた抜忍が否定した。

「我らは忍ではない。縄張りを持つ無頼、博徒《ばくと》だ。そんな我らがどのような噂を流す。まともな連中は相手にしてくれぬし、ほかの無頼や博徒が我らの話を信じるか。

信じたところで、そいつらが広めるか。広めたとして、無頼や博徒の言うことを世間の者が聞くか」

「…………」

郷から来た抜忍が黙った。

「水城の屋敷を襲って赤子を掠《かす》め取ったり、江戸城の大奥を狙ったりと、忍らしいまねをしておるが、我らはもうただの無頼ぞ。意識を切り替えていかねば、伊賀の決まりじゃとか、掟などは捨て去らねばならぬ」

「…………」

「矜持《きょうじ》なんぞ捨てよ。できなければ、かならずはじき出される」

黙った郷から来た抜忍に、残っていた抜忍が告げた。

「どう違うというのだ。どちらも無情ではないか」

「無頼は非道、忍は奇道ぞ」

残っていた抜忍が釘を刺した。

「忍であることが許されぬか……」

「おそらく、これが最後の戦いになるだろう」

嘆息《たんそく》した郷から来た抜忍に残っていた抜忍がうなずいた。

「赤目《あかめ》たちがうらやましいの」

「そろそろであろう。ここを隠すための陽動」

二人の抜忍が、うらやましそうな顔をした。


南町奉行所隠密廻り同心の真田が本郷御弓町に着いたのは、播磨麻兵衛たちが屋敷を出てから二刻（約四時間）ほどしてからであった。

隠密廻り同心は、江戸市中の様子を探るのも重要な仕事になる。市中に出て、民たちがどのように今の政を感じているかを調べるときに、町奉行所同心のお仕着せである巻き羽織に黄八丈《きはちじょう》では、すぐに身許がばれてしまう。いかに民に近いとはいえ、町奉行所同心は御上の手先である。さすがに同心相手に、幕府への不満は口にしない。

そのため隠密廻り同心は、変装もできなければならなかった。

本郷御弓町あたりでもっとも目立たない大名《だいみよう》の家臣風の身形《みなり》に、同心独特の小銀杏《こいちょう》と呼ばれる髷《まげ》を隠すための編み笠をかぶった真田が、水城屋敷の表門を見張れる一筋離れた辻角に、居場所を決めた。

「静かだな」

水城屋敷を一瞥《いちべつ》した真田が独りごちた。

「娘を拐《かどわ》かされた者たちを何人も見てきたが、旗本は違うのか」

真田が首をかしげた。

人殺しはあまりない江戸の町だが、拐かしはままあった。

裕福な商家の子供が身代金を目的に誘拐されたり、少しかわいい女児が連れさられて身売りさせられたりする。

当たり前だが、いなくなった子供の親は必死になる。

「奉行所に報せたら、子供は殺す」

そう脅された商家が届け出ずにすませようとするときもあるが、それでも隠しおおせるものではない。

「なんとか無事で」

「探せ、探せ」

母親がおろおろと家を出て、近くの神社へ百度参りをしたり、父親が走り回ったりと出入りが増える。届け出ずに隠そうとしていても、身代金受け渡しの準備などで、どうしても雰囲気がざわつく。

掌中《しょうちゅう》の珠《たま》である子供を連れ去られて、普段通りにできる者はまずいなかった。

それを町廻り同心が気付かないはずはない。

「侍は情が薄い……」

町奉行所の同心は武士身分ながら、その任の性格上、町人たちを相手にする。そのためか、武士より町人に近い生活をしていた。

「跡取りでもない娘だと、家名に傷が付くからと見捨てるか。なかったことにするために」

真田が険しい表情になった。

「これだから、旗本というやつは……」

勝手な推測で真田が腹を立てた。

大名屋敷、旗本屋敷が林立する本郷御弓町で、真田の恰好は目立たない。それでも見る者が見れば、あまりに不自然であった。

「なんだあれは」

水城屋敷に近づこうとしていた藤川義右衛門の配下である抜忍が、真田に気付いた。

「あれで放下しているつもりか」

同行していた抜忍があきれた。

「御広敷伊賀者ではなかろう」

「ああ。あそこまで下手な者はおらぬ」

抜忍たちが嘲笑した。

「となると、吉宗から付けられた陰の警固か」

「おそらくの」

「どうする」

「片付けるか」

二人が小声で相談をした。

「付けていた陰の警固が潰され、義理の娘も殺されたとなれば、吉宗の面目は丸つぶれよな」

「おうよ。どれだけ守ろうと我らの手からは逃れられぬと知って、震えあがろう」

にやりと二人が口の端を吊り上げた。

「しかし、陰の警固が一人ということはなかろう」

「うむ。あれは見張りではないか。さすがに一旗本の屋敷を将軍が表だって守るというわけにはいかぬだろう」

水城家の主聡四郎の妻、紅は吉宗の養女である。だからといって諸事倹約を命じている吉宗が、ひいきをするわけにはいかなかった。陰の警固には費《つい》えがかかる。これが世間に漏れれば、改革自体が大きな痛手を受けることになった。

「目立たぬようにしてこその陰。あやつの合図で、そのあたりの屋敷から援軍が出てくるということだろうな」

「おそらく」

二人の抜忍が推測した。

「本隊を先に潰すか」

「武家屋敷ばかりだぞ、それも千石をこえるような大身《たいしん》が多い。とても探しきれるものではない。ときをかければどうにでもなろうが……」

すばやく任を果たさなければならない。本命以外で手間取るわけにはいかなかった。

「あの見張りを一撃で仕留めるのは容易だが、それでは本隊が出てきてくれぬ。かといってわざと見張りを動かし、本隊をおびき出せばさすがに目立つ」

「水城屋敷の者に悟られるな」

腕を組んだ二人が思案した。

「……そうだ。あやつを使者に使おう」

一人の抜忍が口にした。

「どういうことだ」

もう一人が怪訝《けげん》な顔をした。

「簡単なことだ。今から水城の屋敷へ入りこんで、女を殺し、その首をあやつにくれてやるのよ」

「……なるほど。首を渡されたあいつは、大慌《おおあわ》てで吉宗のもとに報せに走る。そして、吉宗は己の守りが届かなかったことを思い知らされるか。いや、じつに妙案、さすがは赤目よ」

説明を受けたもう一人の抜忍も賛成した。

「なれば、行くか」

「おうよ」

二人が水城屋敷へと駆けた。

第二章　無頼の存亡

一

周囲に意識を配っていないとき、人の死角は大きい。忍がやすやすと城や屋敷へ侵入できるのは、この死角を利用するからであった。

「あやつは表門しか気にしておらぬ」

「ならば、隣の屋敷から塀《へい》越しで」

走りながら二人の抜忍が打ち合わせを終えた。

「…………」

旗本屋敷の塀は、一間《けん》（約一・八メートル）ほどの高さしかない。しかも、なに一つ忍への対策は取られていないのだ。

二人の抜忍は、水城家の隣屋敷へあっさりと忍びこんだ。

「さて、邪魔な両刀はここで捨てるとしよう」

「もったいないことだ」

忍は貧しい。どれほどのなまくらでも、そこそこの値段がする刀を捨てるというのはありえなかった。忍びこむに邪魔なときは、どこかへ隠していつか回収するのが普通であった。

「習い性《しょう》はなかなか消えぬな」

惜しむ一人に、もう一人が笑った。

「とはいえ、このていどのものならばいくらでも買える。どころか、今や、銘刀《めいとう》でさえ手に入れられるだけの金がある」

「おう」

抜忍たちが誇らしげな顔をした。

「これもすべてはお頭さまのおかげじゃ。もう、冬の寒さに震えることも、空腹に木の根をかじることもしなくていい」

「だな。だからこそ働かねばならぬ。無能、功績を出さぬ者は捨てられる」

二人がうなずきあった。

「行くぞ」

「抜かるなよ」

気配を消して、二人が水城屋敷との境をこえた。

紅の居室から二間ほど離れた小部屋で、入江無手斎は瞑想《めいそう》をしていた。

「……来たか」

ゆっくりと入江無手斎が目を開けた。

「気配を消しても、空気の動きまでは殺せぬ。熊やまむしとて完全な隠形はできぬのだ。どれほど修行を重ねようとも、忍は人の範疇《はんちゅう》から出られぬ」

入江無手斎が立ち上がって、横に置いてあった鉄棒を手にした。

「奥方さまに見せるわけにはいかぬ、吾が本性をな」

静かに入江無手斎が部屋から出て、庭に降りた。

「二人か……」

にやりと入江無手斎が笑った。

「……待ち伏せか」

気配をわざとあふれさせた入江無手斎に、抜忍たちはすぐに気付いた。

「あれか。爺《じじい》だな」

「かなり遣うらしいぞ」

「なんの、剣術遣いなど、剣が届かなければかかし同然よ。ふん」

一人の抜忍がそう嘯いて、手裏剣を続けて投擲《とうてき》した。

「……代わり映えのせぬ」

隙間なく飛来した手裏剣を、入江無手斎は無造作《むぞうさ》に鉄棒ではじいた。

「うおっ」

投げつけた手裏剣が打ち返されてきた。慌てた抜忍が横へ跳んで避《よ》けた。

「くそっ」

避けた抜忍が腹立たしげに、次の手裏剣を摑《つか》んだ。

「鷹《たか》、よせ。無駄になる」

もう一人の抜忍が抑えた。

「ならばっ」

鷹と呼ばれた抜忍が、またもや手裏剣をいくつも飛ばした。

「死ね」

己の放った手裏剣を追うように抜き放った小刀を突き出して、鷹が入江無手斎の上へと落ちていった。

棒で手裏剣をはじいた隙に、入江無手斎の懐へ飛びこもうというのであった。

「…………」

にやりと唇をゆがめた入江無手斎が、まっすぐ鉄の棒を槍のように突き出した。

「あぐっ」

空中にあっては避けることは難しい。

鉄棒に頭を潰された鷹が死んだ。

「ふん」

それを確認もせず、入江無手斎が腰を落とし、前へ出て手裏剣をかわした。

「馬鹿なっ……刹那《せつな》の間に飛んできた手裏剣すべてを見切ったというのか」

残った抜忍が呆然とした。

「おまえの死は無駄にせぬ」

すぐに抜忍が我に返った。

入江無手斎の得物《えもの》である鉄の棒は伸びきっている。攻撃するには一度手元に引き戻さなければならなくなる。それを隙とみて、抜忍が襲いかかった。

「…………」

手裏剣を避けるために前へ出た入江無手斎は、抜忍のほうを向きもせず、後ろ蹴りを繰り出した。

「……がっ」

腹を蹴破られた抜忍が吹き飛んだ。

「なぜ……」

立ち上がろうとしてもできなくなった抜忍が、入江無手斎に恐怖の目を向けた。

「剣術遣いの本性は獣よ。おまえたち忍より、剣術遣いは人から外れる。江戸で道場を開き、かなり薄れていた剣術遣いの血を、おまえたちが呼び起こしたのだ」

「…………」

一瞬目を大きくした抜忍が動きを止めた。

「もの足らぬ」

入江無手斎が息絶えた抜忍たちを見下ろして、吐き捨てた。


水城屋敷を見張っていた真田が、怖気《おぞけ》だった。

「な、なんだ」

真田が両腕で身体を抱いて、震えを抑えようとした。

「……なにもないな」

周囲を何度も見回した真田が、ほっと息を吐いた。

「いや、そんなはずはない。今の怖気立つ感じは、気のせいとは思えぬ」

真田が首を左右に振った。

「ちょっかいをかけてみるか」

真田が独断で大岡越前守の見張れという指示を破った。

「卒爾《そつじ》ながら」

水城屋敷の表門へ近づいた真田が、武士らしい態度で潜り門を叩いた。

「どなたか」

潜り門のなかから誰何《すいか》の声が返って来た。

「道を尋ねたく、無礼を承知で御門を叩かせていただきましてござる」

「……道を訊きたいと。どこへの道か」

用件を聞いても潜り門は開かれなかったどころか、様子を見るための小窓さえ閉じられたままであった。

「永野主膳《ながのしゅぜん》さまのお屋敷はどちらでござろうか」

適当な名前を真田が口にした。

「永野主膳さま……はて、このあたりにそのような御仁のお屋敷はないの」

「本郷御弓町だと伺っておるのでござるが」

「たしかにこのあたりは本郷御弓町であるが、永野主膳さまというお方がおられるかどうかは、存ぜぬ」

「それは残念でござる。いや、かたじけのうござった」

潜り門に一礼して、真田は離れた。

「最後まで顔さえ見せなかったか。ずいぶんと警戒している」

武家の応対に顔を見せないというのは常識から外れている。もっとも、約束していたわけでもなく、名乗りもしていないのだ。武士として扱えと非難するわけにはいかなかった。

「声に緊張はなかったように感じられたが……」

さきほどの畏怖《いふ》感のことが真田には引っかかっていた。

「なかを覗《のぞ》くとするか」

真田は表門から人通りの少ない脇門へと移動した。

「…………」

腰から太刀を抜き、塀に立てかける。しっかりと固定できたことを確認したら、左足を鍔《つば》にかけ、そのまま身を伸ばした。

「無礼者っ」

顔を塀の上に出した途端、真田が怒鳴りつけられた。

「…………」

驚きの声を出さなかったのは見事であったが、大急ぎで真田は顔を引っ込めた。

「……ちっ」

真田は脱兎《だっと》のごとく逃げ出した。

見張りは見つかった段階で、逆効果になる。相手に警戒されてしまうからだ。

「しくじったな。しばらくおいてからだな」

逃げ出したと相手に思わせるのも手立ての一つであった。いなくなったと知ってもしばらくは警戒するだろうが、やがてもう大丈夫だと安心する。脅威は一度去ってしまえば、忘れられる。これもまた人の性《さが》であった。

真田を追い払った入江無手斎は、ゆっくりと息を吸って吐くを繰り返した。

「……ふうう」

二十回ほど繰り返したところで、入江無手斎の身体から鬼気が抜けた。

「なんとか戻って来られたようだな」

入江無手斎が苦笑した。

「怒りのままに引きずられては、どこかで堕ちる。鬼伝斎の二の舞を演じることになるやも知れぬが……相手が人でなしどもじゃ。こちらが人のままでは勝てぬ」

一対一でやりあったならば、藤川義右衛門は入江無手斎の敵ではなかった。ただ、忍は人の裏をかくのがうまい。それこそ、罠《わな》や人質など卑怯《ひきょう》未練《みれん》な手を繰り返す、いや、重ねてくる。

「姫さまを盾に取られれば……」

赤子の首に手をかけられただけで、入江無手斎は抵抗できなくなる。

「聡四郎と玄馬がおらぬ今、儂が倒れるわけにはいかぬ」

入江無手斎は状況を理解していた。

「それまで、儂は人でありつづけねばならぬ」

剣鬼もまた人ではない。精神修養だとか、心の伴わぬ剣は凶器であるなどのお題目《だいもく》は、天下泰平になって人殺しの術である武道が世間からはじかれようとしたことを受けて生まれた言いわけであった。

入江無手斎が殺した抜忍の死体を片付けようとした。どちらも剣を遣わずに仕留めている。血の後始末は最小限ですんだ。

「麻兵衛はどうか」

死体を戸板の上に並べたところで、入江無手斎が目を細めた。

二

播磨麻兵衛、菜、山路兵弥の三人は、富岡八幡宮の本殿へ拝礼をする形を取りながら、それぞれの行動を再確認していた。

「念のため一刻半（約三時間）ごとに報告を」

行かせっぱなしでは、なにかあったときに困る。播磨麻兵衛が探索の間隔を最初に定めた。

「菜は門前町を」

「はい」

扇子を手に門付《かどづ》け女に扮した菜が、本殿へ一礼して出ていった。

「兵弥、連絡係として八幡宮で待機していてくれ」

「承知」

手を合わせた山路兵弥が本殿から鳥居へ向かう途中にある茶店へと移動した。

「なにとぞ、ご守護を」

残った播磨麻兵衛がもう一度紬の無事を祈って、本殿へ背を向けた。

深川は町奉行所の管轄《かんかつ》でありながら、手が及んでいない。これは深川が新開地であること、一時、町奉行ではなく勘定奉行の管轄になったことなどの理由があった。

しかし、最大の原因は人手不足である。

南北両町奉行所を合わせて、与力五十騎、同心二百四十人では、とても新開地まで面倒を見られない。そのうえ、深川はまだまだ開発途中であり、日々拡張している。新しい家を建てるための職人、人足が流入してくる。となると食事をする店ができ、遊廓《ゆうかく》が生まれる。当然、それらを食いものにする無頼たちが入りこみ、深川の治安は悪化する。

つまり、町奉行所でさえ、どうしようもないのが深川であった。

「明るいうちはいいが、日が暮れるとろくでもなさそうだ」

少し歩いただけで、播磨麻兵衛は深川の危うさに気づいた。目つきの悪い男たちがそちこちに立っており、だらしなく身形を崩した女たちが道行く男を見定めていた。

「ふむ……」

播磨麻兵衛が歩きながら思案した。

「……抜けた者たちは、無頼に堕ちたと言ったな」

さりげなく播磨麻兵衛が踵《きびす》を返し、もう一度富岡八幡宮へと足を運んだ。

「親爺、茶をくれい」

播磨麻兵衛が山路兵弥の休んでいる茶店へ入った。

「兵弥」

「どうした」

背中合わせに座った二人が、唇を動かさずに話を始めた。

「無頼を捕まえて訊きだしてくれ」

「……なるほどな。無頼のことは無頼か」

「ああ、縄張りを奪われて、黙っておられるはずはないだろう」

「承知した」

すっと山路兵弥が腰を上げた。

「ごちそうさまでした。ここへ置くよ」

山路兵弥が座っていた席に四文銭《しもんぜに》を五枚残して茶店を出ていった。

「ひっかかってくれるだろう」

目もやらず、播磨麻兵衛がうなずいた。

山路兵弥は商家の隠居に扮している。昼間から富岡八幡宮の門前町を歩いていても違和感はなかった。

「……たしかに、こちらへ目をつけてくる奴ばかりよな」

少し歩いただけで、山路兵弥が苦笑した。

「御隠居さま」

髪を櫛巻《くしま》きにした女が、いきなり山路兵弥にまとわりついてきた。

「おう、おどろいた。お姐《ねえ》さん、なんだね」

山路兵弥が目を大きくして見せた。

「いやさ、粋《いき》なお年寄りがあたいは大好きなんだよ」

「おや、それはうれしいね」

一層身を寄せてくる女に山路兵弥がだらしない表情になった。

「すぐそこにいい店があるんだよ。そこで、ゆっくりと……ねえ」

女が山路兵弥を誘った。

「そのお店というのは、古いのかい。新しい店だと酒が悪いからね」

食いもの屋というのは、料理と酒の質でほぼ評価が決まる。新しい店だと、最高の材料と酒を仕入れるだけのつきあいをもっていないことが多かった。

「この歳だとね、量より質が大事でね」

「ああ、この辺りじゃ老舗《しにせ》に入るよ。だからいい酒を出してくれるさ」

山路兵弥の言葉に、女がうなずいた。

「ほうほう」

笑いながら山路兵弥が女の身体を舐めるように見た。

「もちろん、姐さんも……」

「質なら吉原《よしわら》の太夫《たゆう》にも負けないよ……ほら」

女が山路兵弥の右手を取って懐へ入れた。

「いいね。お願いしようか」

よだれを垂らさんばかりの顔で、山路兵弥が首を縦に振った。

「こっちさね」

女が山路兵弥を路地の奥へ案内した。

「流屋《ながれ》の親分、お客さんだよ」

突き当たりの店の暖簾《のれん》を女がかきわけて、声を出した。

「ご苦労だね。ほれ」

顔を出した大柄な男が女に金を握らせた。

「ありがとうよ」

女が山路兵弥から手を離して、背中を向けた。

「おい、おい」

あわてて山路兵弥が追いかけようとした。

「風呂くらい行かせておくれな。すぐに帰って来るからさ」

振り向いた女が婉然《えんぜん》とほほえんだ。

「ああ、風呂代かい」

山路兵弥が安堵の息を吐いた。

「先に始めておくれよ。素面《しらふ》じゃ昼間からはねえ……」

手を振って女が去っていった。

「さあ、なかへ」

流屋の親分と言われた男が、ごつい手で山路兵弥を店のなかに引きずりこんだ。

「乱暴は止めておくれよ」

弱い隠居の振りを山路兵弥は続けた。

「おい」

「へい」

親分の合図で店のなかに控えていた男が、表戸を閉めて、桟を下ろした。

「………」

「やっと気づいたか」

黙った山路兵弥に親分が嘲笑を浮かべた。

「女の色香にだまされやがって、間抜けな爺だ。黙って財布を差し出せば、衣類は許してやるぜ。嫌だなんぞと抜かしやがったら、痛い目を見ることになるぜ」

子分とで山路兵弥の前後を挟みながら、親分が脅した。

「町奉行所に……」

「なにもできやしねえよ。金ですんでよかったな、命まで取られたわけじゃねえと追い返されるが落ちよ」

鼻で親分が町奉行所を嗤った。

「大声を出す……」

「この辺りじゃ、他人の悲鳴は子守歌みてえなもんだ。誰も気にしねえよ」

山路兵弥の強気を親分があしらった。

「そうか。それは重畳《ちようじよう》」

「……なんだと」

不意に雰囲気を変えた山路兵弥に、親分がみょうな顔をした。

「では、遠慮なく」

山路兵弥が水の流れのように動いて、後ろを塞いでいた子分の首を摑んでひねった。

「ひきっ」

小さな声を最期に子分が崩れた。

「政《まさ》……てめえ」

親分が急いで懐に手を入れて得物を取り出そうとしたが、遅かった。

「ぐえっ」

匕首《あいくち》の柄《つか》を握った右手が曲がってはいけない方向を向いていた。

「ぎゃあぁ」

肘《ひじ》の関節を一瞬で潰された親分が絶叫した。

「どうした、子守歌をさえずって」

山路兵弥が無表情で問うた。

「て、てめえは……」

「儂のことなど気にするな。おまえは問われたことにだけ答えればいい。すなおにすべて語るならば、命までは取らぬ」

「どこの身内だ。うちの縄張りを狙っているとなると……」

「黙れ」

気丈《きじょう》に睨みつけようとした親分を山路兵弥が制した。

「……こんなことをして、ただですむと思っているのか」

「いくらかくれるのか」

平然と山路兵弥が言い返した。

「……親分、いくらなんでもうるさいぞ。新しい獲物を手にして、うれしいのはわかるが……」

気怠《けだる》そうな声とともに二階からの階段を一人の浪人が降りてきた。

「香山《かやま》さん、ちょうどいいところに」

親分が歓喜した。

「どうしたい……」

香山と呼ばれた浪人が、いつもと違うことに気付いた。

「こいつを、この爺をやっちまってくれ」

折れてない左腕で、親分が山路兵弥を指した。

「そんな爺さん相手に……倒れているのは政か」

山路兵弥のほうを見た香山が、土間に倒れて白目を剥いている政に息を呑んだ。

「用心棒というやつか、初めて見るの」

飄々《ひょうひょう》と山路兵弥が述べた。

「おまえ、何者だ。ただの爺ではないな」

香山が警戒の度合いを強めた。右手に摑んでいた太刀《たち》を香山が左手にさりげなく変えた。

「隠居には違いないがな。こやつらが儂の金を奪おうと言うから、少し抗《あらが》っただけじゃ」

「ふ、ふざけるな。政を殺し、おいらの手を折ったじゃねえか」

親分がわめいた。

「当たりどころが悪かったんだろう。偶然とは怖いものじゃ」

「…………」

山路兵弥の注意が親分に逸《そ》れた。

無言で香山が太刀を抜きながら、階段から跳びあがって斬りかかってきた。

「酒臭いわ。人を斬るにはなまりすぎじゃ」

ため息を吐きながら、山路兵弥が袖口に隠していた棒手裏剣を投げた。

「…………」

空中で喉を射貫かれた香山が大きな音を立てて落ちた。

「……香山さんまで」

親分が啞然《あぜん》とした。

「さて、話す気になったか」

山路兵弥が親分にもう一度声をかけた。

「な、なにが訊きたい」

親分が震えながら問うた。

「最近、ほんの数日じゃや。怪しげな連中が入りこんできてはおらぬか」

「ここは深川ぞ。怪しげでない者を探すほうが早い」

「なるほど。これは儂が悪いな」

山路兵弥が納得した。

「では、赤子を連れた怪しげな連中、それも無頼ながら、らしくない匂いを持った者はどうだ」

「赤子はどうか知らねえが、匂いの違う連中が来ているという噂は聞いた」

続けて尋ねられた親分が告げた。

「どこで聞いた」

「はっきりとは覚えちゃいねえ。いろいろな噂が入ってくるのでな」

親分が首を左右に振った。

「他には。知っていることはなんでもいい」

「わかっている。そんなに恐ろしい目で見るな」

言わなければどうなるかわかってるなと、気迫で脅しをかけた山路兵弥に、親分が汗を流した。

「これはお柳《りゅう》が昨日の夜に仕入れてきた話だ」

「お柳……」

「さっきの女だ。あいつは蛸《たこ》のお柳という知られた枕探《まくらさが》しよ」

怪訝な顔をした山路兵弥に、親分が答えた。

「枕探し……女盗人か。質《たち》の悪いことだ」

山路兵弥が苦笑した。

「どんな話をしていた」

「なんでも乳の出る女をずいぶんと破格の金で雇い入れるとか……お柳が悔しがっ

てた。大きさなら人には負けないけど、乳は出せないと……いつっ」

言いながら親分が笑おうとして、顔をしかめた。

「あの女はどこにいる」

「もう少ししたら顔を出す。分け前を受け取りにな」

訊いた山路兵弥に親分が教えた。

「そうか、ならば……」

すっと間合いに入った山路兵弥が親分に当て身を食らわせた。

「うぐっ」

親分が意識を失った。

「約定《やくじょう》だからの。命は取らぬ」

そう言って山路兵弥は、表戸の内側へと移動した。

「これは邪魔だな」

転がっている政を山路兵弥が動きを阻害しないところへと移した。

「…………」

待つこと小半刻（約三十分）ほどで、下駄の音が聞こえてきた。

「先ほどと同じ拍子だな」

しっかりと山路兵弥はお柳の足音を覚えていた。

「ごめんなさいよ。親分」

お柳がいつもの調子で店の表戸でもある戸障子を開けた。

「捕まえた」

待ち構えていた山路兵弥が右手でお柳の胸ぐらを掴み、店へ引きずりこんだ。

「えっ、な、なにっ」

状況がわからないお柳が混乱した。

「やあ、蛸のお柳さん。二つ名持ちとは知りませんでしたよ」

「あっ、さっきの爺」

やっとお柳が山路兵弥に気付いた。

「ということは……ひいっ」

さっと店のなかに目をやったお柳が悲鳴を漏らした。

「香山先生、親分……政も」

「ちょっと獲物をまちがえたようだね」

笑い声を含んで山路兵弥がお柳に話しかけた。

「ひっ……た、助けて」

お柳が怯《おび》えた。

「乳の出る女を探しているると聞いたのはどこで、誰からだ」

「……そんなこと覚えて……」

「ならば死ね」

忍に男、女の境目はない。敵かそうでないか、役に立つか立たないかで区別するだけであった。

「ま、待って。思い出すから、待って」

声を低くした山路兵弥にお柳が必死に首を横に振った。

「あれは、昨日の夕方だったから……門前町を南に行った湯屋で他の女が話をしていたんだった」

お柳が記憶を浮かび上がらせた。

「なんという湯屋だ」

「ふ、藤《ふじ》の湯」

締め上げた山路兵弥に、お柳が震えながら答えた。

「ご苦労だった」

「……た、助けてくれるのかい」

「命までは取らないと、そいつと約束したからな」

恐怖で身を縮めているお柳に山路兵弥が親分を見た。

「あああ……」

安堵のあまり、お柳が崩れそうになった。

「殺しはせぬ。なれど、しばらく人前には出られぬようにはするぞ」

「えっ……」

山路兵弥に言われたお柳がなんのことかわからないといった顔をした。

「動くなよ」

左手で懐から苦無《くない》を取り出した山路兵弥が、お柳の髪の毛を根元からばっさりと切った。

忍が遣う道具の一つである苦無は木の葉型で、その縁がのこぎりのようになっている。屋根板や床板を切り離したり、手裏剣として投げつけたり、いろいろな用途に遣えるが、刃物のように鋭利ではなかった。

「きゃあああ」

何をされたか気付いたお柳が絶叫した。

「あたしの髪、髪が……」

頭を触ったお柳がうろたえた。

のこぎりで髪の毛を刈られたに等しいのだ。お柳の頭は無残な有様《ありさま》を晒《さら》していた。

「死ぬよりましじゃ」

冷たくそう言うと、山路兵弥がお柳を突き放した。

「言うまでもなかろうが、ここであったことを誰かに話したときは……」

「ぜ、絶対に言わない。言わないから」

腰を落としたまま、何度も何度もお柳が首を上下させた。

「……湯屋か。菜に預けるしかないな」

山路兵弥が富岡八幡宮へと急いだ。

三

聡四郎たちは、箱根の関所を通過していた。

「道中奉行副役の水城聡四郎、上様の御用でまかりとおる。乗り打ち御免」

「通知を受けておりまする。どうぞ、お通りあれ」

箱根の関所は幕府のものだが、一々江戸から関所番を送っていたのでは金も手間もかかるということで、小田原《おだわら》藩大久保《おおくぼ》家に預けられている。

もちろん、関所番として役目を果たしている間は、旗本と同じ扱いを受ける。馬上はもちろん、駕籠のままでの通行は許されない。大名でも馬から下り、駕籠を地に着け、扉を開けなければならない。

それを関所番が、乗り打ちを認めた。

「さすがは上様だ。しっかりと手配りをくださっている」

関所を抜けた聡四郎が感心した。

「このまま行ければ、明後日には江戸に入れましょう」

大宮玄馬が告げた。

箱根の関所は吉宗の名前を出せば、夜中でもどうにかなる。しかし、どうしようもないのが六郷《ろくごう》の渡しであった。

六郷の渡しは日が暮れると終わりになる。船頭が家に帰ってしまうだけでなく、渡し船を差配する会所も無人になってしまう。

「……やむを得ぬか」

一日、いや寸刻でも早く帰りたいと願っている聡四郎が、無念そうに頬をゆがめた。

菜は門付け女から、すばやく長屋の町娘のような身形に変えた。忍が身につけているものは、そのほとんどが裏表で生地や柄が違っている。髪型と衣服の裏表を変え、帯の位置を上下させることで、辻姫から武家娘まで放下できた。

「藤の湯……ここか」

菜が湯屋へ入った。

「髪を洗うなら三十六文《もん》、洗わないなら二十四文」

番台が料金を告げた。

「洗いますので……」

銭を数えて菜が差し出した。

「あと、ぬか袋を一つ」

いかに忍とはいえ、ぬか袋までは持っていなかった。

「あいよ。小さめでいいなら二十文」

ぬか袋を番台の男が菜に渡した。

「ありがとう」

菜が軽く頭を下げ、脱衣所へと進んだ。

湯屋の脱衣所には竹で編んだ衣類用の籠《かご》が直接床に置かれている。客はそれぞれ己の衣類を籠に入れて、壁際に並べるのだ。

手早く裸になった菜が、脱衣所と浴室を隔てる柘榴口《ざくろぐち》を潜った。

江戸は水の便が悪い。なにせ飲み水さえ、羽村《はむら》のほうから水道を引いているくらいである。大坂のように水を思うように使えない江戸では、風呂は湯船にためたお湯に身体を浸すものではなく、水をさほど消費しなくてすむ蒸し風呂が当たり前であった。

「ごめんなさい」

女湯は昼過ぎがもっとも混む。

これは夕方を過ぎると、一日の仕事を終えた男たちが湯屋へ来るからであった。すべてがそうだとはいわないが、ほとんどの湯屋には二階があり、そこから一階の女湯が覗けるようになっていた。

当たり前だが、覗き穴は指二本ていどの大きさしかなく、さほど広い範囲を見渡せはしない。しかも上から見下ろす形になるため、胸の大きさくらいしかわからないが、それでも若い娘は嫌がる。

そのため、男湯のすく昼前から夕方前くらいが女湯の混むころあいであった。

さりげなく辺りを見回した菜は、乳の張っている女をすばやく見つけ、その隣へ身を滑りこませた。

蒸し風呂は蒸気に浸り、全身から汗が噴き出すのを待ち、その後、竹や香木《こうぼく》などでできたへらを使って浮かびあがってきた垢《あか》をこそげ落とす。

つまり、汗が出るまではじっとしていることになる。

「おや、お乳が」

温まったことで母乳が染み出てきていると、隣の女を見た菜がわざと驚いた。

「ごめんなさいね。まだ出るのよ。もう、子を産んでから半年近くになるんだけどね」

母乳をあふれさせている女が気兼ねをした。

「いえいえ。赤子ですか、いいですね」

菜が手を振った。

「あなたは、まだ独り身のようね」

「はい」

言われた菜が白い歯を見せた。

女は婚姻したら、歯を染めるのが習慣であった。

「かわいいでしょう」

「もう三人目だから、それほどでもないけど」

褒められた母親がまんざらでもない顔をした。

「子供は手間もお金もかかるからねえ」

母親がため息を吐いた。

「それにお乳も止まってくれないと、襦袢《じゅばん》がすぐに駄目になってしまうし」

「そんなに出るんですか」

菜が素《す》で驚いた。

「二番目の子のときは、出なくて苦労したんだけどねえ。今回は出過ぎで苦労するなんて。世のなかってうまくいかないもんだよ」

母親が苦笑した。

「乳母さんとかをなされば」

「それなんだよねえ。考えてはいるんだけどさあ」

提案した菜に母親が難しい顔をした。

「どうかなさいましたの」

菜がへらで身体をこすりながら訊いた。

「いい乳母の仕事があるらしいんだけどねえ。日雇いじゃなくて、住みこみらしくてね。さすがに子供をおいたまま何日も留守をするわけにはいかなくてね」

母親が首を左右に振った。

「そんなにおあしがいいんですか」

悩むほどかと菜が問うた。

「一日二朱《しゅ》くれるというんだよ」

「二朱とはすごい」

聞いた菜も驚愕《きょうがく》した。

二朱は一両の八分の一、銭にしておよそ七百五十文になる。普請場で重い木材を運んだり足の疲れる壁土こねをする人足で三百文もらえるかどうかなのと比しても、破格であった。

「八日働けば、一両ですか」

菜が勘定を口にした。

「そんなになるのかい」

母親が目を大きくした。

日頃銭で暮らしている者たちにとって、小判は憧れである。

「頑張って四十日乳を出せば、半年はやっていける」

長屋住まいの町人ならば、一両あれば一家が一カ月は生きていけた。

「わたくしは出ませんから、駄目ですけど……」

菜が己の胸を見下ろした。

「そうね。あなたに乳母はつとまらないわ」

母親が笑った。

「でも、そんなすごいお金を出してくださるんですから、お相手はお大名さまですか」

ようやく菜は本題に迫った。

「それがねえ……」

乳が出ないから乳母の仕事を取らないと暗に言った菜に、母親が気を許して話し始めた。

「あたしも直接聞いた話じゃないからね」

前置きをしてから、母親が続けた。

「同じ長屋のお花《はな》さんがね、町で声をかけられたらしいんだよ。乳は出ないのかって」

「お花さんというお方も子供さんが」

菜が訊いた。

「違うんだよ。お花さんは肉付きがよすぎるだけ」

母親が手を振って笑った。

「はあ……」

「でね。出ないとお花さんが答えたら、誰か乳が余るほど出る女を知らないかと訊かれたんだって」

町屋《まちや》でももらい乳はけっこうあった。産後の肥立《ひだ》ちが悪くて、母親が子供を遺して死んでしまった場合、無事出産はしたが病弱で十分乳が出ない場合などである。対して武家の場合は、いささか事情が変わっていた。

武家は基本、生まれた子供を乳母が預かり、母親はほとんど触れあわない。これには、いつ死ぬかわからない武家に親子の情は不要という考えと、もう一つ大きな意味があった。

それは正室《せいしつ》に次の子供を産ませるためであった。女は乳を赤子にあげている間、孕《はら》みにくい。もし、正室に乳をあげさせれば、一年近く閨《ねや》に呼べなくなる。一族の数が力になる武家である。できるだけ子供の数は欲しい。とくに血筋として問題が出ない正室の子供は貴重なのだ。そのためには、さっさと懐妊できる状況に戻ってもらわなければならない。ゆえに乳母が付いた。

武家でも町屋でも、乳母の需要はあった。

「それで」

菜が先を促した。

「長屋に戻ってきたお花さんが、お乳の出るあたしにね、こういった話があるよって教えてくれたのよ」

「そうだったんですね」

母親の説明に、菜が首肯した。

「でも、唐突な話ですよね。普通、お乳母さんは、近くで子供を産んだばかりの人か、口入《くちい》れ屋を通じてお願いするものでしょうに」

「それなのよね」

ふたたび母親がへらを動かし始めた。

「訪ねるところもみょうだし……」

母親が表情を曇らせた。

「どこなのですか」

「新大橋《しんおおはし》の袂《たもと》を右へ進んだ御船蔵《おふなぐら》の前に夕刻七つ（午後四時ごろ）」

「どこかのお屋敷に誰かを訪ねるのではなく……」

菜が驚いた。

「いくらなんでも、それは」

「でしょう。だから、話を聞いたのは昨日なんだけどね。不安でさ、行けなくて」

嫌そうに頬をゆがめる菜に、母親が同意した。

「お湯をちょうだいな」

身体をこそげ終えた母親が、手桶を突き出した。

「おうよ」

壁の向こうから返事がして、浴室に設けられていた樋《とい》から、適温になったお湯が流れてきた。

「ありがとうよ」

手桶で受けた母親が、湯を浴びた。

「さて、そろそろ帰らないとね。子供がお腹を空かせちまう」

「お気を付けて」

別れを告げた母親に、菜が一礼した。

話が聞けるまで長湯しなければならないと洗髪の代金も払っている。それで髪を洗わずに浴室を出れば、番台に不審を抱かれる。

手早く菜は髷を解き、髪の毛を洗った。

先ほど話した母親がもういないことを確認して、菜が風呂屋を後にした。

「お待たせをいたしました」

菜が待っていた二人に詫びた。

「いや」

「お役目じゃ」

すでに二人は茶店ではなく、富岡八幡宮近く、屋台の煮売り屋へと移っていた。

酒を呑みながら、肴《さかな》をいくつか頼めば、一刻《いっとき》（およそ二時間）やそこら居座っても問題はなかった。

「親爺、茶と団子を」

播磨麻兵衛が手を叩いて、追加を注文した。

「……どうであった」

注文の品を届けた店の主が離れていくのを待って、播磨麻兵衛が問うた。

「見つけましてございまする」

菜が興奮しながら報告した。

「それらしいな」

「御船蔵か」

播磨麻兵衛と山路兵弥が顔を見合わせた。

「……どうする」

「ほとんど今は使われておらぬはずじゃな」

御船蔵は、船手頭《ふなてがしら》の管轄になる。七百石高で世襲制の向井将監《むかいしょうげん》の他三人から四人が任じられた。向井家が百人、その他が五十人の水主《かこ》を支配し、幕府水軍をなした。

しかし、天下泰平が長く続いたこともあり、戦国水軍は無用の長物になった。どころか、安宅船《あたけぶね》などの巨船は、動かさなくても保持しているだけで金と手間がかかるため、新造されることもなく、今や船手など名前だけのものになっている。

御船蔵も水主たちが鍛錬のために船を出すとき以外は、まず開かれることはなく、火の用心のための当番が詰めているだけになっていた。

「さすがに御船蔵を根城にしてはおるまい」

「抜忍だけならば、どうにでもなろうが……」

「赤子がいては、無理でございましょう」

三人が唸《うな》った。

どれだけ隠しても赤子は我慢しない。お腹が空いた、お襁褓《むつ》が濡れた、抱いて欲しいなど本能に応じて泣く。

泣くことでしか自我を表現できない。泣かなければ要求を伝えられない。もちろん、泣くことで親の庇護《ひご》を受けられるが、一つまちがえれば敵を呼びこむことになる。

赤子の泣き声は、いかに忍でもどうしようもなかった。

「それに、相手が素人の女とはいえ、簡単に根城を教えることはない」

「であろうの」

「船でございましょうか。たしか、浅草からは船で逃げたと」

菜が疑問を抱いた。

「船で運ぶか……」

「そうなると追い切れぬぞ」

播磨麻兵衛と山路兵弥が腕を組んだ。

「とりあえず、様子を見にいくか」

「待て」

そろそろ七つ（午後四時ごろ）に近い。乳母役の女が来るかどうかはわからなくとも、抜忍は顔を出すだろうと言った山路兵弥を播磨麻兵衛が制した。

「見つけた場合どうする」

「当然、根城を突き止めるために後をつける」

「そうなるな」

山路兵弥の答えに、播磨麻兵衛がうなずいた。

「で、根城を突き止めたとき、どうする。そのまま帰れるか」

「…………」

播磨麻兵衛に言われた山路兵弥が黙った。

「姫さまを見つけて、そのままにしてはおけまい」

「我慢できぬな」

山路兵弥も認めた。

「我らだけでできるか」

「……犠牲を気にせずば、できような」

もう一度播磨麻兵衛に問われた山路兵弥が応じた。

「抜忍が五人くらいならば、不意を突ければ無傷で終わろう。だが、それ以上であったとき、姫さまを盾に使われたとき……」

「よりまずい状況になる」

山路兵弥が苦い顔をした。

「とりあえず、姫さまのお姿を確認した後は、入江さまにお報せしよう」

播磨麻兵衛が決断した。

四

藤川義右衛門は配下を数人連れて、江戸開闢《かいびやく》以来の縄張りを代々受け継いできた茅場町《かやばちよう》の親分を訪れていた。

「お初にお目にかかりまする。この度、両国、深川の縄張りを預かることになりました。義右衛門でございまする」

最初、藤川義右衛門は礼儀に応じた挨拶をした。

「茅場町の面倒を見ている甚五郎《じんごろう》じゃ。まずは新しい親分の誕生に祝いを言わせてくれ」

茅場町の甚五郎も挨拶を返した。

「で、本日はなにかな。挨拶だけだというならば、酒席に移るが」

江戸の裏を取りまとめているのが茅場町の甚五郎であった。

茅場町は江戸城に近く、昔ながらの老舗が並ぶ。縄張りとしての力は、江戸でも指折りの繁華な両国、幕府の目が届きにくく博打も岡場所もやりやすい深川に比べると十分の一もない。

ただし、百年、五代を数える先達としての価値は高く、縄張り同士の争いの仲裁、襲名披露の後ろ盾など、親分衆から一目置かれていた。

「いえ、酒は後ほど」

用件はまだあると藤川義右衛門が告げた。

「なにかの」

髪に白いものの混じっている初老の甚五郎が尋ねた。

「隠居していただきたい」

藤川義右衛門が申し入れた。

「儂にか。たしかにもうじき六十歳になる。そろそろ表のことをするのも疲れてきている。近いうちに隠居して息子に跡目《あとめ》を譲ろうと考えないではなかったが……それを初対面のおまえさんから言われる筋合いはないね」

眉をひそめながら甚五郎が首を横に振った。

「少し違うな。縄張りはこっちにいただこう」

「……乗っ取りかい。馬鹿を言うな。茅場町は両国や深川なんぞの新興地じゃないんだよ。神君家康《しんくんいえやす》さまが江戸に町を開かれたと同時に、先祖がこの辺りを締めたんだよ。その血を引かない者には、とても扱えるところではない」

藤川義右衛門の言葉に、甚五郎があきれた。

「そんな事情はどうでもいい。黙っておまえは身を退き、縄張りから立ち去れ。三日だけ待ってやる。それをこえて居座るようならば、冥土《めいど》へ引っ越しをしてもらうことになる」

「てめえ、昨日今日の若造が、親分に対して……」

部屋の隅で控えていた甚五郎の配下が、藤川義右衛門に飛びかかった。

「…………」

藤川義右衛門の身体に触れる手前で、配下が落ちた。

「どうした十助《じゅうすけ》……」

甚五郎が怪訝な顔をした。

「……うおっ」

倒れ伏した十助から血が流れ出てきた。

「十助……」

さすがの親分衆筆頭の甚五郎も啞然とした。

「こうなりたいか」

手に血塗られた小刀を持った藤川義右衛門が淡々と甚五郎に問うた。

「お、おまえが……十助を殺したのか」

震えながらも甚五郎が詰問した。

「見たらわかるであろうことを訊くな。無駄なことだ」

冷たく藤川義右衛門が認めた。

「な、なぜ」

「縄張りを拡げるのが、闇の者たちの習い性であろう」

尋ねた甚五郎に藤川義右衛門が笑った。

「ここだけは別格……」

「別格だったと言い直すべきだな。ときは流れ、人は変わる。闇だけが百年一日ですむわけなかろう」

甚五郎の矜持《きょうじ》を藤川義右衛門が砕いた。

「くっ……」

「どうする。別にこいつと同じ道をたどってもいい。その代わり、女房、子供も同じ目に遭う。黙って出ていけば、後は追わぬ。ただし、三日を過ぎて、江戸でその面《つら》を見たときは許さぬ」

藤川義右衛門が立ちあがった。

「生きるか死ぬかをまちがえぬことを祈っているぞ」

そう言い残して藤川義右衛門が甚五郎の前から消えた。

「…………」

なにも言えず藤川義右衛門を見送った甚五郎が、煙草を数服吸うほどしてようやく動いた。

「若造が……」

甚五郎は怒っていた。

「茅場町の重みもわかっておらぬくせに、少し腕が立つからといきがりおって」

憤怒《ふんぬ》をより強めて甚五郎が続けた。

「闇のなかにも掟というのはある。それを知らぬ、いや、無視するというならば相応の罰を与えねばならぬ。くっ、しっかりせんか」

甚五郎が震える足を叱咤《しった》して、立ちあがった。

「江戸の闇を一人が支配する。そのようなまねを御上が許すはずなかろうが。我らが商家から上納金を受け取れているのも、寺社や武家屋敷で賭場を開帳できているのも、御法度《ごはっと》の身売りを使って岡場所を営めるのも、すべて御上が目こぼししてくださっているからだ。それを忘れて動けば、どうなるか。親分だなどと持ちあげられているが、町奉行所が本気になれば、たちまち牢屋行き」

光と闇はその呼び名のように、まさに表裏である。たしかに光あるところに影はかならずできる。だが、光がすべてを照らしたとき、影に居場所はなくなる。

「両国と深川、高輪《たかなわ》、浜町《はまちよう》、日本橋と大川《おおかわ》沿いを差配したとおごり高ぶったか。ふん、力で秩序を乱した者は、力に潰される。己以上の力があることを教えてくれるわ」

甚五郎が宿を出た。

「……馬鹿が」

その様子を藤川義右衛門配下の笹助《ささすけ》が天井裏からじっと見ていた。

「お頭の掌《てのひら》で踊らされているとも知らず」

笹助が適当に間合いを空けて、甚五郎の後をつけた。

「……やはり」

甚五郎の後をつけていた笹助が小さく口の端を吊り上げた。

「いるかい」

神田《かんだ》明神門前の茶店に甚五郎が入っていった。

「おや、これは茅場町の親分さん。どうなさいました、お参りでござんすか」

応対に出てきたあだな年増が甚五郎に驚いた。

「いや、お参りじゃねえ。いるか、神田のは」

「はい。おりますが。お使いをくださいましたら、うちのから伺わせましたのに」

年増が気を遣った。

「急ぎなんだよ」

「すいません。どうぞ」

苛立《いらだ》った声を出した甚五郎に、年増が慌てて案内した。

「神田の」

「茅場町の親分さん、こいつはどうも。どうぞ」

奥の間で寛《くつろ》いでいた神田を縄張りとする親分が、急いで上座を譲った。

「不意に悪いな。見過ごせねえことがあってな。力を借りに来た」

「あっしでよければ、いくらでもお使いくださいやし」

甚五郎に言われた神田の親分が、話の中身も聞かずにうなずいた。

「すまねえな。悪いが、おめえの親しい連中にも話を聞いてもらいたい。呼んじゃくれめえか」

「……へい」

尋常ならざる雰囲気の甚五郎に神田の親分が少し間を空けて首肯した。

「おい、四谷と本郷、駒込《こまごめ》、目黒《めぐろ》に使いを出せ。茅場町の親分さんがお話があると言ってな」

「へい」

控えていた若い男が駆けていった。

「登和《とわ》、親分さんに酒を出さねえか」

「お待ちを」

神田の親分に言われた年増が台所へ向かった。

「……………」

皆が集まるまで、以降、甚五郎は黙った。

「あっしが、一番遅かったようでござんすね。すいやせん」

目黒を支配する親分がやって来て、顔ぶれが揃った。

「集まってくれたか。急なことだが感謝する」

甚五郎は落ち着きを取り戻していた。

「いえ、茅場町の親分さんのお声掛かりとあっちゃ、なにをおいても駆けつけるのが決まり」

親分たちがそろって首を横に振った。

「すまぬな。早速だが、話に入る」

甚五郎が藤川義右衛門の要求を告げた。

「……なんだと」

「ふざけたことを」

「昨日今日の者が、先達に対してなんて口を利きやがる」

「少しばかり縄張りを手にしたからといって、天狗になったな」

聞いた親分衆が怒った。

「そこで、皆に力を貸してもらいたい。この通り……」

「皆まで言わないでくださいよ」

神田の親分が甚五郎を制した。

「御法度で生きているおいらたちでござんすが、それだけに守らなきゃいけねえ一線がございやす。それをなくしたら、おいらたちは獣になりやす」

四谷の親分も述べた。

「すまねえな」

甚五郎が頭を下げた。

「いえ、茅場町の親分さんが、他の縄張りに手出しをなさらないのは、仲裁をする者としての節度を守っておられると存じてやすから」

商人の息子からぐれた目黒の親分が敬意を表した。

仲裁する者が節度をわきまえず、権を振りかざして自らの欲を満たすようになっては、誰も従わなくなる。そうなれば、際限のない縄張り争いになり、あっという間に江戸の闇は血に染まる。当然、大人しくしていればこそ目を瞑《つむ》っている町奉行所が、これを放置することはない。たちまち、江戸の顔役たちは御上に追いたてられて、江戸から逃げ出す羽目になる。

闇はどれだけ力を蓄えても、表の権力には勝てないのだ。

町奉行所で足りなければ、火付盗賊改方、それでも収められないときは大番組《おおばんぐみ》が出てくる。数千からの武装した侍と戦って、勝てるはずはなかった。

「助かる」

わかってくれる者たちに、甚五郎が安堵した。

「藤川というのは、どんなやつなんだ」

もっとも縄張りの離れている目黒の親分が訊いた。

「京から来た木屋町《きやまち》の利助《りすけ》という男を知っているか」

「名前だけは聞いたことがある。何年か前に伊勢参りをするついでに京見物をしたとき、遊ぶのはいいが、木屋町の利助の店だけは避けろとな」

神田の親分の質問に、四谷の親分が答えた。

「そいつが品川《しながわ》へ出てきた」

「ほう。品川が落ちたか」

四谷の親分の目が光った。

「藤川はどうやらその利助の手下らしい」

「京の野郎か。上方者《もん》に負けるとは品川のもたいしたことねえな」

小さく四谷の親分が笑った。

「それだけじゃねえ。品川の後は高輪、浜町、日本橋、そして両国、深川だ。浅草もやられたと聞く」

「そいつは……」

四谷の親分が笑いを消した。

「大川沿いを手にしたか」

四谷の親分が苦い顔をした。

江戸の町は神田川を境として、大きく南北に分けられる。大川沿いを支配するというのは、江戸の南をほぼ手にしたと言えた。

「気にするほどでもなかろう。どれだけ力を持っていたところで上方の者。江戸の地理には暗いし、なにより気質が合わねえ」

「京から来た者だけでは、縄張りの把握は無理だろう」

「となると、縄張りの親分衆、代貸し連中を片付けたくらいで、使いっ走りていどはそのまま配下に組み入れていると考えるべきだな」

「そうだな。でなくば、どこの店からいくら取っていたとか、隠し売女《ばいじょ》がどこで客を取っているかとか、どの寺で賭場が開帳されていたかとか、わからねえ。そんな状態で、縄張りを支配したとは言えねえからな」

親分たちが藤川義右衛門たちの内情を話し合った。

「どうだ、そこからまず切り崩しちゃ」

「だな。足下が揺らげば、茅場町の親分さんに手出しするどころじゃなくなろう」

意見がまとまりかけた。

「三日との期限があるのだが」

聞いていた甚五郎が口を挟んだ。

「三日もいりやせんよ」

四谷の親分が胸を叩いた。

「安心してお任せくださいやし」

「きっとその藤川なんとやらに、江戸の厳しさを叩きこんでやりまさあ」

目黒、神田の親分もうなずいた。

「と決まれば、すぐに動かねばな。両国と深川はあっしが」

「ああ。おいらは浜町と高輪を請け負う」

「なら、浅草をやろうじゃないか」

それぞれが伝手《つて》のある縄張りを担当すると言った。

「揺らいだところに押しこんでやれば、泣きながら上方へ逃げていきやしょう」

神田の親分が自信を見せた。

「頼もしいことだ」

甚五郎が期待を見せた。

「ふむ。おもしろくなってきた」

床下で会話を聞いていた笹助が、音もなく出てきた。

「お頭に報せなければ」

笹助が神田を離れた。

隠れ蓑としている寺の住職に戻った藤川義右衛門が、笹助の報告に耳を傾けた。

「……ふむ」

藤川義右衛門が腕を組んだ。

「いかがいたしましょうや。親分どもを片付けますか」

味方してくれる親分衆が連続して死んでいけば、甚五郎は保たない。抵抗を諦めて、自ら出ていくのは目に見えていた。

「いや、もっといい手がある」

「どうなさいまするので」

「放っておくのよ。一応、我らに従っている振りをしながら、いつ裏切ってやろうかと考えている愚か者たちを一掃する好機」

「かなり人が減りまする」

藤川義右衛門の案に笹助が懸念を表した。

「馬鹿どもなどいくらでも補充が利く」

笑いながら藤川義右衛門が、続けた。

「それよりも、策を弄《ろう》した連中がどう反応すると思う。寝返りを約した連中がすべて殺されたら」

「警戒しましょう」

笹助が答えた。

「警戒だけでは足りぬな。我らを怖れるように仕向けねば」

「怖れる……敵対した連中を仕留めて回りますか」

藤川義右衛門の言葉に笹助が述《はべ》べた。

どれだけ周囲に子分を侍らせようが、忍にとってそれは壁にさえならない。四人や五人、殺すのに手間はかからなかった。

「さすがにそれでは事が大きくなるだろう。今までは無頼同士の縄張り争いだからと世間は気にしていなかった。だが、ここで親分と言われるほど力のある連中が立て続けに殺されてみろ、騒ぎになる。別段、町奉行所や火付盗賊改なんぞ怖くもないが……古巣が気付くぞ。あやつらが探索に出ているのはまちがいない。我らの居場所を必死で探っているはずじゃ」

「たしかに」

「今は、水城の娘という足手まといがいる。あまり注目を引いて、また移動する羽目になると面倒だぞ」

忍だけならば、それこそ呼吸一つする間に姿を消せるが、乳母と赤子を連れてとなると、準備が要った。

「では、どういたしまするか」

もう一度、笹助が問うた。

「裏切り者たちの首を、それぞれの親分の宿へ届けてやろうではないか。まさか、無頼を束ねる親分が、町奉行所を頼ることもできまい。死体が毎日届く、いや、朝晩届くとなって、いつまで耐えられるかの。さっさと暴発して欲しいものだ。茅場町を落とせば、我らに怖れるものはなくなる。配下となった無頼どもを一斉に暴れさせてみろ。町奉行所ではとても対応しきれまい。一度暴れてやれば、御用聞きはもとより、江戸中の豪商が機嫌を取りに来る。頼むから大人しくしてくれとな。そうなれば、幕府ももう手出しはできまい。もし、手を出して我らを押さえきれなければ、幕府が無頼に負けたと大恥を掻くことになるからな」

縄張りもなにもかも捨てて逃げ出すのに日はかかるまいと、藤川義右衛門が嗤《わら》った。

第三章　母の覚悟

一

夕刻、播磨麻兵衛と山路兵弥は御船蔵を見渡せる西光寺《さいこうじ》の屋根の上にいた。

「見えるか」

「いいや」

播磨麻兵衛の問いかけに、山路兵弥が首を横に振った。

「そう簡単に見つかるわけないの」

「抜けたとはいえ、伊賀者だからな」

二人が苦笑した。

「さほど離れてはおるまいが……」

播磨麻兵衛があたりを見回した。

女を連れて隠れているところまで行かなければならないのだ。遠くなればなるほどときはかかり、手間も増える。

「船はなかった」

西光寺の屋根に登る前、御船蔵の川手はもちろん、その周辺まで手早くではあるが、小舟がもやっていないかどうかを確認していた。

いうまでもないことだが、御船蔵の川手は幕府の御船手組の管轄で、かかわりのない船を泊めることはできない。

「石揚場《いしあげば》にも人気《ひとけ》はなかった」

山路兵弥が付け加えた。

御船蔵の北の角には、水戸《みと》藩が所有する石揚場があった。ここは諸国から船で持ちこまれた石を加工し、各所へ運ぶまでの間保管するためのもので、昼間は石工《いしく》や人足がいるが、夕刻には無人になる。なにせ作業場は露天で、監督する藩士、職人たちが休息を取るための小屋しかないのだ。盗みに入ったところでなにもない。たとえ小屋に火が入っても、周囲への影響も少なかった。

ただ、大きな石や小屋があるため、身を忍ばせるにはちょうど良い。御船蔵にも隣接している。ここに抜忍たちが潜んでいることは十二分にある。それだけに播磨麻兵衛らは、徹底して探り、抜忍たちの痕跡はないと確認していた。

「向こうもどこからか遠目に見ていると考えるべきだな」

「乳母らしい女が来なければ、姿は見せぬか」

二人がため息を吐いた。

御船蔵の向かい側は、そのほとんどが武家屋敷であった。

紀州徳川《とくがわ》家の抱え屋敷、御船手組の組屋敷、旗本屋敷などで、日中でも人通りは少ない。それこそ、夕方になれば、まったく人がいなくなるのだ。

そんなところを用もない女が選ぶはずもない。女が来れば、まちがいなく乳母希望だと言えた。

「一度引くか」

「これ以上は無駄かの」

播磨麻兵衛の提案に、山路兵弥が同意した。

すでに菜は帰してある。二人は風のように西光寺の屋根から離れた。

「今日も来ぬの」

西光寺とは反対側になる紀州徳川家抱え屋敷のなかから、抜忍二人が乳母になりたがる女を待っていた。

抱え屋敷というのは、幕府から土地を与えられる上屋敷、中屋敷、下屋敷とは違って、藩が金を出して手に入れたもののことだ。もとは田畑であったり、新開地で持ち主が決まっていないところを幕府に届け出て購入したり、他家の抱え屋敷を買い取ったりする。その使用目的は江戸に定府《じょうふ》している家臣たちの住居、屋敷で使い古した道具などの保管、馬術や弓術などの鍛錬場と多岐《たき》にわたった。

当然、住居として使用されないかぎり、ほぼ無人に近く、いても盗賊や火事などを防ぐための小者《こもの》と、それらを支配する藩士数人しかいなかった。

いうまでもないが、抱え屋敷勤務など出世の目どころか、これ以上の左遷《させん》はないほどの閑職である。屋敷にいる小者はもちろん、監督する藩士たちもやる気などどこにもなく、決められた藩邸の保守、巡回などもおこなわれていない。

忍にとって、こんなありがたい場所はなかった。

「日も暮れた。一度戻ろう」

「ああ」

二人の抜忍が闇に溶けた。

入江無手斎は播磨麻兵衛らの報告を是《ぜ》とした。

「よくぞ、無理をせずに我慢してくれた」

「力及ばず、申しわけなく思いまする」

賞賛した入江無手斎に、播磨麻兵衛が代表して頭を下げた。

「抜忍とはいえ、男では乳が出ぬ。乳母が要りようになるのも無理はない」

「女を用意すればよいとはいえども……」

播磨麻兵衛が難しい顔をした。

「乳が出るかどうかを確かめるか。しかし、いかに人気のない御船蔵前とはいえ、女が見ず知らずの男を前に胸をはだけるか」

雇い入れる側としては、能力が足りているかどうかを確認するのは当然である。だが、それを雇われる側が受け入れるかどうかは別の問題であった。

「さすがにそれはいたしますまい」

山路兵弥が首を振った。

「おそらくは匂いで見抜くのでございましょう」

「匂い……ああ、乳のか」

言われた入江無手斎が納得した。

「となると、菜と袖は使えぬ」

「まことに残念ながら」

入江無手斎のため息に、播磨麻兵衛が同意した。

「申しわけございませぬ」

菜が詫びた。

「そなたのせいではないわ」

山路兵弥が苦笑した。

「近づかねば、さすがに匂いはわからぬだろう」

御船蔵付近は、海に近い。絶えず、潮風が吹いている。

「さようでござるな……」

入江無手斎の疑問に播磨麻兵衛が御船蔵付近の状況を思い出した。

「……あの風と夕刻という日の陰り。小声で話が届くほどの距離まで近づかねば、匂いは届きますまい」

播磨麻兵衛が答えた。

「おびき出すことまではできるか」

入江無手斎が腕組みをした。

「できましょう。ですが、それでは姫さまの居所まではわかりませぬ」

「捕まえて吐かせることはできぬ……か」

小さく首を横に振った播磨麻兵衛に、入江無手斎がため息を吐いた。

入江無手斎も、伊賀者が拷問くらいで口を割るほど弱くないことを知っていた。

「無理をして、唯一の手がかりを失うわけにはいきませぬ。なんとか乳の出る女を探さねばなりますまい」

山路兵弥が告げた。

「奥方さまのご実家は口入れ稼業で知れた相模《さがみ》屋どのだ。頼めばすぐにでも女を手配してくれるだろうが……」

「忍に連れていかれて耐えられる女がおりますかの」

「おるまい」

播磨麻兵衛の疑問に入江無手斎が否定した。

「ここにいるわ」

不意に四人が話をしていた小座敷の襖《ふすま》が開かれた。

「奥方さま」

入江無手斎が入ってきた紅に絶句した。

「紬、そなた」

紅の側についていたはずの紬に、入江無手斎が非難の目を向けた。

「御師、おまちがえでございまする」

紬がしっかりと見返した。

「まちがえ……」

入江無手斎が怪訝な顔をした。

「母を、女を甘く見られては困りまする」

「しかしだな、奥方さまに……」

「なにもせず、紬が助かる、助からないのどちらになっても、あたしは狂うわ」

言い返そうとした入江無手斎に紅が告げた。

「助かったとして、なにもしなかったあたしが紬と夫にどういった顔をすればいいの」

「…………」

入江無手斎が黙った。

「もし……助からなかったら、あたしは死ぬまで後悔する。これから先、どこまで生きるかわからないけど、ずっと悔やみながら生きる」

「……それはっ」

紅の目を見た入江無手斎が息を吞んだ。

入江無手斎には覚えがあった。若きころ、ともに剣術遣いとして研鑽《けんさん》を積んだ一《いち》伝《でん》流の遣い手である浅山鬼伝斎が、強さを突き詰めるあまり人殺しに堕ち、それでも足らずに入江無手斎を殺そうとした妄念《もうねん》の籠《こ》もった目と同じであった。

「わたくしがお供をいたしまする」

袖も告げた。

「いえ、わたくしが……」

「そなたでは足手まといでしかありません」

口を出そうとした菜を、袖が厳しい声で拒絶した。

「…………」

事実に菜が言葉を失った。

「御師」

紅が入江無手斎を見つめた。

「…………」

「ああ……」

播磨麻兵衛と山路兵弥も紅に気圧《けお》され、なにも言えなかった。

「覚悟はできていた……か」

大きく入江無手斎が息を吐いた。

「言葉遣いをあらためよう。紅どのよ、たしかにこの状況をどうにかするには、そうするしかない」

「なら……」

「なれど、大きな問題が一つある」

「大きな問題……」

入江無手斎に言われた紅が戸惑った。

「小さな問題もあるがな。まず、これがどうにかできねば、策自体が無駄になるどころか、よりまずい状況になる」

「なに」

短く紅が問うた。

「そなたの顔が知られているということだ」

昔ながらの呼びかたで、入江無手斎が問題を述べた。

「あっ……」

紅が理解した。

「まちがいなく、藤川義右衛門をはじめとする連中は、そなたの顔を知っている」

入江無手斎が断言した。

「……そうだったわ」

「一目で見抜かれ、そなたまで人質にされることになる」

抜忍たちを策に嵌《は》めなければならないのだ。まさか、隣で警固するわけにはいかなかった。少なくとも抜忍が気付いたところから、相手の隠れ家にいたるまでは、紅一人になった。

「……そうだ」

辛そうな顔をした紅が、声をあげた。

「どうかしたのか」

「髪結いを呼べばいい」

「何を言っている」

紅の答えに、入江無手斎が怪訝な顔をした。

「髪結いさんに髢《かもじ》を足してもらって、顔を化粧《けわい》してもらえば、少しの間くらいごまかせるのではない」

「ふむ」

播磨麻兵衛が反応した。

「入江さまよ。紅さまの至近にいたった抜忍はおりますかの」

「一人だけ生きている。紬さまを奪っていった奴が……」

確認された入江無手斎が苦い顔をした。

「一人ならば、なんとかなるかもしれませぬな」

播磨麻兵衛が真剣な顔をした。

「おそらく抜忍どもは、奥方さまのお姿を遠目で見ただけでございましょう。よくてどこにほくろがあるか、額が富士かどうかがわかるくらいまで近づいたかどうかというところではないかと」

「…………」

無言で入江無手斎が先を促した。

「ごまかしきれると」

「長くは保ちますまいが、顔を合わせてから移動くらいならば。おそらく、姫さまはそれほど遠くに離れてはいないはず」

「……賭けになるな」

入江無手斎が唇を噛んだ。

「…………」

「やるわ」

ちらと目をやった入江無手斎に、紅が強くうなずいた。

「麻兵衛」

「はっ」

「あの付近の見取り図を書いてくれ。どこへ奥方さまが連れていかれるのか、後をつけていくだけでは、間に合うまい。おぬしと兵弥に、予想をつけてもらいたい」

播磨麻兵衛に入江無手斎が頼んだ。

「奥方さまに付く他に、我らで二手を見張ると」

「手が薄くなるが、一度しかできぬ賭けじゃ。一手だけに頼るわけにもいかぬ」

戦力を二人無駄にするかも知れないがいいのかと尋ねた播磨麻兵衛に、入江無手斎が首肯した。

「承知。ならば、拙者はここで。兵弥、おぬしはこちらを頼む」

手早く見取り図を書いた播磨麻兵衛が、山路兵弥と打ち合わせた。

二

昼八つ半（午後三時ごろ）に御船蔵付近の八幡宮へ集まった入江無手斎と袖、菜、そして紅は最後の打ち合わせをしていた。

「最初の予定通りでいこう」

策というのは、かならずしも予定通りに動くとは限らない。どちらかといえば、こちらの思惑をはずれることのほうが多い。

だが、今回は臨機応変を入江無手斎は捨てた。袖を取り戻すのが目的である。だからといって、そのために紅がやられては本末転倒になる。

「よいな、紅どの」

かつての口調で、入江無手斎が紅に釘を刺した。

「わかってるわ」

紅も旗本の正室ではなく、かつての町娘のころに戻っていた。

「それが一番心配なのだが……」

入江無手斎は、聡四郎と紅のつきあいをずっと見てきている。いつも聡四郎は紅に振り回されていた。

「馬鹿はしないわ。あの人に迷惑がかかっては困るから」

紅が聡四郎を思い出したのか、寂しそうな顔をした。

「そうしてくれ」

入江無手斎がほんの少しだけ安堵した。

「大事ございませぬ。わたくしがずっとお供をいたしておりまする」

袖が陰供《かげとも》に付くから安心して欲しいと告げた。

「であればいいのだがな。そなたも無理はするなよ。玄馬に叱られる」

敵同士だった袖と大宮玄馬は、紆余《うよ》曲折《きよくせつ》を経て互いを唯一の相手としていた。

今回の騒動が収まれば、祝言《しゆうげん》をあげる予定であった。

「さて、あと少しときがある。あまり早くから気を入れないように。疲れるだけだ」

入江無手斎が一同に助言をした。

「それにしても……」

続けて入江無手斎が紅を見た。

「とても旗本の奥方さまとは思えぬ」

入江無手斎がしみじみ感心した。

髪結いを呼んで、武家風の丸髷《まるまげ》をその辺の長屋のおかみがするように髪をまとめて丸髷らしく見せた雑なものにし、継《つ》ぎこそ当たっていないが、何度も水を潜って少しばかり色あせした小袖に着替えた紅は、そのお俠《きゃん》な気性も相まって、とても旗本の正室には見えなくなっていた。

「あたしの本来はこっち。生まれて二十年以上、口入れ屋の娘として職人を率いて来た。今更奥さまぶっても化けの皮一枚だから」

紅が無理な笑顔を見せた。

「さすがよな。やはり聡四郎は生涯勝てぬ」

「負けてるなんて思わせてたまるもんですか。夫を立てるのが妻の仕事」

畏《おそ》れ入ったという入江無手斎に、紅が応じた。

「……御師、奥方さま」

昔話を少ししたところで、そろそろだと袖が割って入った。

「では、わたくしが」

菜がすっと腰を上げた。

女が一人で御船蔵前を歩くことで、伊賀者の反応を探るための物見《ものみ》を菜は務めた。

「気をつけろ」

「はい」

入江無手斎に見送られた菜が、町娘が仕立物を届けに行くような風で御船蔵へと向かった。

「では、わたくしは見張りに」

袖がすばやく衣服を裏返しにして、柿渋《かきしぶ》染めの忍装束へと変化して、一同が身を隠している八幡宮の塀から松の木へと飛びあがった。

「ごめんなさい」

二人きりになったところで、紅が入江無手斎に頭を下げた。

「わかっている。そなたの想いがなにに向かっているかはよくわかっているつもりだ」

「すみません」

紅がより深く頭を垂れた。

「妻も娶《めと》らず、子もなさなかった儂にとって、聡四郎と玄馬は吾が子同然である。そなたはその嫁じゃ。気遣うな」

「はい」

入江無手斎の言いぶんを紅が素直に受け取った。

「御師さま」

頭上から袖の声が降ってきた。

「動いたか」

入江無手斎の表情が変わった。

「今、菜に一人の武家が近づいております。足運びから忍かと」

学んだ武術で足取りは変わる。動いたときの身体の重心をすばやく合わせるのが剣術であり、じっと重心を揺るがさないのが弓術である。当然、忍も独特の動きを持っていた。

「一人か」

「はい」

確認した入江無手斎に袖が首肯した。

「菜から目を離すな」

「ご懸念《けねん》なく」

入江無手斎の心配を袖が払拭《ふっしょく》した。

「…………」

仕立物を胸に抱いて足早に御船蔵前を進んでいた菜は、不意に右手の紀州家抱え屋敷から湧いたような武家に脅えて見せた。

「……ひっ」

菜がぎゅっと仕立物を胸に抱きしめ、不埒《ふらち》への防壁にしようとした。

「……匂わぬの」

近づいた抜忍が鼻を蠢《うごめ》かして、落胆した。

「違ったか」

あっさりと抜忍は菜を置き去りにした。

「ひいいい」

菜が恐怖で駆け出したかのように、その場から逃げた。

「ふふふふ、幽霊でも見たような脅えかたをされたの。志方《しほう》」

菜のもとへ行かず、残っていた抜忍が戻って来た仲間をからかった。

「ふん、役目じゃ」

志方と呼ばれた抜忍が不機嫌な顔をした。

「なれど、まずいの」

「ああ。こうも候補がないとはの」

二人が嘆息した。

「もう乳母は乳が出ぬのだろう」

「帰せ、帰せと毎日泣いているだけで、出ぬというほどではないが、ほとんどないに等しいらしい。なんとか米を炊いた汁で不足を補ってはおるが、このままでは赤子が死んでしまう」

「それはまずいぞ」

志方が険しい表情をした。

「赤子が生きて我らが手元にあるからこそ、吉宗は強く出られぬ。もし、赤子が死んだとわかれば……」

「草の根を分けてでも探し出されるであろうな」

残っていた抜忍も目つきを険しいものにした。

闇の縄張り、江戸の顔役といったところで、所詮は幕府の目こぼしで生きている。

「すべて排除せよ」

吉宗がそう命じるだけで、すべての縄張りは潰される。

もちろん、影を完全に追い払うことはできず、かならず生き残るが、だからといって今までのように堂々と賭場を開いたり、岡場所を営んだりはできなくなる。

払拭しようとするとより根は深くなるので、あるていどのところで見逃すほうが、結果として被害は少ないという者もいるが、そんなもの吉宗にとってはどうでもいい。

「滅びるまで、何度でも掃討すればよい」

吉宗にはそれだけの力がある。

「無駄だと思うが」

「面倒なこと」

実際に闇と遣《や》り合う町奉行所役人などは、嫌々ながら形だけですまそうとするだろうが、それを吉宗が認めるわけもない。

「役立たずは不要である」

幕府の無駄をなくし、倹約を進めようとしている吉宗である。やる気のない役人たちへの斟酌《しんしやく》など求めることはできない。

代々の役目だとか、特殊な慣例があるため、いきなりでは役に立たず、かえって務めが滞るなどという名分なんぞ、薄紙一枚の価値も認めず、押し破る。

「鬼札《おにふだ》じゃの、あの赤子は」

志方がため息を吐いた。

「なにより、吾《われ》は赤子を弱らせたことでお頭のお怒りを買うのが恐ろしいわ」

「まさにそうよな。阿藤《あとう》」

震えるまねをしてみせた同僚に、志方が同意した。

逃げた菜が大回りをして戻って来た。

「おりまする」

「ああ、見ていた」

降りて来た袖が菜の報告にうなずいた。

「では、行きます」

紅がきっと表情を硬いものにした。

「いかんぞ、それでは相手に気づかれる」

身構えていては、抜忍に懸念を抱かせる。

入江無手斎が紅の意気ごみを制した。

「…………」

紅が不満そうに口を結んだ。

「よいか。男と女では、女が強い。それがなぜだかわかるか」

入江無手斎が紅の返事を待たずに語った。

「女は男と違って、命を産めるからだ。それだけで女は男よりも凄い。だが、その女よりも強い者がおる」

「より強い者……」

「そうじゃ。それこそ、母親よ。母親は己が産んだ新しい命を育《はぐく》む。育むなかには、乳をあげること、抱いてあやすことも入るが、なによりも子が独り立ちするまで守ることこそ肝心である」

「独り立ちするまで守る」

紅が繰り返した。

「姫さまが独り立ちするのはいつだと思う。乳離れしたときか、立ちあがったときか、前髪をあらためたときか、それとも嫁にいったときか」

「違うわ」

問うた入江無手斎に、紅が首を左右に振った。

「紬が愛しい旦那さまとの間に子をなしたときよ」

紅が答えた。

「うむ」

満足そうに入江無手斎が首を縦に振った。

「わかったであろう」

「ええ」

言われた紅がうなずいた。

「でもね。紬を嫁に出すよりも、もっとしなきゃならないことがあるわ」

「ほう、なにがあると」

入江無手斎が首をかしげた。

「もっとたくさん、二人でも三人でも、聡四郎さんの子を産むことよ」

紅がいきおいのまま続けた。

「だから、こんなところで死ねるもんですか」

地を出した紅が、胸を張った。

三

紅が後《おく》れ毛をわざとほつれさせた。

「…………」

帯に手を入れ少し拡げる。さすがに胸元を見せるほどではないが、きっちりとした身形ではなくなる。

「子がいるのに乳母をする。それだけお金に困っていると」

「ご安心を。見えずとも、わたくしが付いておりまする」

用意ができたと言った紅に、袖が強くうなずいた。

「お願いね」

袖に一声かけて、紅が八幡宮を出た。

御船蔵前の辻に出たところで、紅は八幡宮へと身体を向け、深々と腰を折った。

「この辺のはずなんだけど……」

あちらこちらを見ながら、紅が呟いた。

「……どうやら、来てくれたようだぞ」

志方が紅に気づいた。

「どれ……おおっ」

阿藤も喜びの声をあげた。

「後をつけて来ている者、見張っている者はいないか」

志方が四方に気を配った。

「吾の気に障る者はないが、阿藤、そちらはどうじゃ」

「ううむう……なさそうだが……」

しばらく唸った阿藤が告げた。

「では、吾が出迎えよう」

「頼む。こちらは念を入れて気を配っておこう」

二人が打ち合わせをした。

「乳母か」

「ひいっ」

不意に声をかけられた紅が跳びあがった。

「ああ、怖がらずともよい。拙者が乳母を求めておる者じゃ」

ようやくやって来た乳母候補に、逃げ出されては大変である。志方がなだめるように手を伏せた形で上下させた。

「あ、あなたさまが……」

不思議そうな顔で紅が確認した。

乳母という役目柄、雇い入れるための目通りから女が対応することが多い。

「うむ。家名は明かせぬが、身分あるお方の赤子に乳をやってほしい」

言いながら志方が紅の胸に目をやった。

「乳は出るか」

「溢《あふ》れるくらいに」

露骨な注目に、紅が両袖で胸を隠すようにした。

「それは重畳である」

「あのう……」

満足げな志方に、紅がおずおずと口を出した。

「なんじゃ」

志方が促した。

「お花さんから伺ったのですけど……お金のこと、本当にいただけますか」

紅が給金をもらえるのかと心配して見せた。

「安心いたせ。金に糸目は付けぬ。しっかり育んでくれたならば、心付けも多めに出そう」

「ありがとうございます」

安堵した紅が何度も首を上下させた。

「では、行こうか」

「はい」

「とりあえず、三日ほど務めてみよ。それで合わぬと思えば辞めてよい」

「助かります」

いつでも辞められると言われた紅がほっとした。

「ついて参れ」

「お屋敷はどちらで」

歩き出した志方に紅が問うた。

「すぐ近くじゃ」

ごまかすように言って、さっさと志方が歩き出した。

「あっ……」

置いていかれそうになった紅が、急いでついていった。

「…………」

その様子をかなり離れたところから、しばらく阿藤が見ていた。

「後をつける者はおらぬようじゃ」

阿藤が独《ひと》りごちた。

「では、拙者も」

忍装束になった阿藤が、旗本屋敷の屋根、植木、塀を伝《つた》って、志方と紅の周囲の警戒をしつつ暗くなりかけた江戸の町を駆けた。

「二人……か」

その様子をいつのまにか御船蔵の屋根へ移った袖が見ていた。

「二十間（約三十六メートル）は間を空けねばなるまい」

袖は阿藤に気づかれないよう、広めに間隔を取った。

「…………」

そのさらに十間（約十八メートル）おいて、町娘から忍装束になった菜が進んだ。

「こっちだ」

やがて旗本屋敷の一画を過ぎれば、町家の並んだところになる。そこの角で志方が足を止めた。

「ここですか」

紅が角の屋敷を見上げた。

「いや、違う」

「では、どうして足を……」

「黙れ。舌を噛むぞ」

首をかしげた紅を脇に抱えるようにして、志方が手近な屋敷の屋根に登った。

「ひっ」

「しゃべるな」

悲鳴をあげた紅を脅し、志方が跳ねた。

「ちっ」

遠目で見ていた袖が舌打ちをした。

伊賀者が本気で逃げれば、簡単には追いつけない。単に追いかけるだけならばまだしも、間に阿藤という邪魔者がいる。阿藤に気づかれず、紅の行き先を突き止めるというのは、至難の業《わざ》であった。

「阿藤を追えばよいのでは」

近づいてきた菜が提案した。

「阿藤がすんなりと巣へ帰るとでも」

振り向きもせず、冷たい声で袖が返した。

「それはっ……」

菜が詰まった。

「素直な伊賀者などがおるわけなかろう」

「…………」

袖に言われた菜が黙った。

「これ以上はまずいな。後を追うこともできなくなる」

遠ざかって行く紅に、袖が焦った。

「お任せを」

そう言った菜が飛び出した。

「……囮《おとり》になる気」

すぐに袖が菜の行動を見抜いた。

菜が派手に動くことで、阿藤の注意を引こうというのだ。

「逃げるくらいはできるのでしょうね」

袖が菜を見送った。


「なにもないな」

志方の行動を見守っていた阿藤が、緊張をすこしだけ緩《ゆる》めた。

「……なにっ」

阿藤の目に屋根の上を走る影が映った。

「忍っ」

すぐに阿藤が身を小さくした。

「こちらに来てはいない」

じっと低い位置から空に向かってすかすように菜を見ていた阿藤が怪訝な顔をした。

「後をつけて来たわけではない……そうか、深川あたりと目星を付けて探っているのだな」

阿藤が菜の動きに幻惑された。

「ふむ。一人のときに仕留めておくべきだな」

基本、忍は一人で動かない。なにかあったときの後詰《ごづ》めがないと、探索した内容を持ち帰ることさえできなくなるからだ。

一人倒すことは戦力差を二、動かすに等しい。

「たまには忍働きもせねば、勘が鈍る」

裕福になったことはありがたいが、長年修行を重ねてきた技を遣う機会が奪われていくのは寂しい。

阿藤が久しぶりの戦いに気を昂《たか》ぶらせた。

「…………」

無言で阿藤が屋根を蹴った。

「釣り出されてくれたか」

一つまちがえば、菜を失ったうえ、紅の行く先もわからなくなるという賭けが、失敗に終わらなかったことを袖が喜んだ。

「あちらだったな」

袖が屋根の上を平地と変わらぬ速度で走った。


山路兵弥は、大名屋敷の屋根に張りつきながら瞑目していた。

「空気が震えた」

目ではなく、山路兵弥は耳を使って探索していた。

「……あれか」

目を開けた山路兵弥は近づいてくる人影を見つけた。

「もう一人、後ろにいる」

一人を見つけたからといって、そこに集中することはまずい。山路兵弥は最初の一人ではなく、その後方に気を向け、続く影に気づいた。

「追われている……」

山路兵弥がいつでも飛び出せるように、手足に力をこめた。

「……ついてきた」

菜は後ろに迫る気配にほくそ笑んだ。

最初から誘い出すつもりでいる。後ろだけに気を配っていればすむ。

「もう少し離れたところで」

あまり早く追跡してくる者を撒《ま》いては、釣り出した意味がなくなる。見失ったと戻られては、紅と袖が危なくなる。

「……もうちょっと遊んでもらおう」

菜がほんの少し走りに勢いをつけた。

「速くなった……気づかれたな」

わずかの差を阿藤はすぐに感じた。

「仲間の居場所を探りだすのは、あきらめるか」

阿藤が討伐へと意識を切り替えた。

「楽しませてもらうぞ」

ぐっと阿藤が前のめりになった。

いかに伊賀者とはいえ、大柄な紅を横抱きにしていては、そうそう軽々と動けない。

それでも常人から見れば異常な疾《はや》さではあったが、同じ忍にとっては遅い。

「見つけた」

阿藤がいなくなったことで距離を詰められた袖は、志方と紅を目の隅に捉えた。

「……消えたっ」

途端に二人の姿が見えなくなった。

「あのへんか。まずは御師にお報せを。どこまで来て下さっているか」

袖が最後に二人の姿を確認した辺りに目星を付けると、急いで離れていった。一人ではうかつに近づくのも危ないと判断したのだ。

武家屋敷をこえて志方は一軒の町家の庭へと降りていた。

「見つけたぞ」

「おう」

ただちに雨戸が開いた。

「ようやくか」

「ああ。乳の出がよさそうだ。抱きかかえている間も乳臭くてたまらんかったわ」

問われた志方が振り回されて気を失っている紅に辟易《へきえき》して見せた。

「さっさとなかへ入って、乳をやってくれ。もう、前の乳母は……」

「役に立たなくなったか。間に合ってよかった」

同僚の抜忍に言われた志方が、しもた屋らしき建物に足を踏み入れた。

「阿藤の警告がなかったとはいえ、一応警戒をしておかねばの」

抜忍が代わって庭木に飛びついた。

「……気配はないな」

すばやく確認して、抜忍がしもた屋へと戻った。


入江無手斎も動いていた。

「ふむ」

足下を見ながら、入江無手斎は袖が残していった白い碁石を探していた。

袖は角ごとに碁石を投げ、どちらに曲がったかを残していた。

途中で屋敷の屋根などを伝った場合は、その屋敷の門前に碁石を落としていく。

「ここまでか」

紅を連れていった抜忍がずっと路上を走ってくれたなら、もっと追えたのだが、さすがに屋根の上では目印も難しい。

「待つしかないな」

入江無手斎は最後の碁石を前に待った。

「…………」

待つしかないとわかっていても、紅を囮に使った重みは入江無手斎を苛《さいな》む。

入江無手斎はじりじりとした苛立ちを抑えきれなかった。

「……まだか」

瞑目して心を静めようとしたが無駄であった。

入江無手斎ほどの達人が、心を乱していた。

「いてくださった」

やっと袖が戻って来た。

「見つけたか」

「はい」

入江無手斎の確認に、袖がうなずいた。

四

高輪の大木戸は暮れ六つ（午後六時ごろ）に閉じられる。これを過ぎると何人も江戸から出られず、入れない。

しかし、それが厳密に守られていたのは、元禄《げんろく》のころまでであった。

品川が東海道一番目の宿場ではなく、江戸から気軽に遊びに行ける場所となったことで大木戸も通る人が増えた。

そこに泰平の世が続いたことで生まれた規律の緩《ゆる》みが重なった。

「そうか、母親が危篤《きとく》か」

「子が生まれるので、産婆を迎えにゆくか」

理由さえつけば、大木戸の番人が見て見ぬ振りをする。もちろん、閉められた大木戸を開けるわけにはいかない。さすがにそれが見つかっては、番人たちの首が飛ぶ。

「行け」

「どうも」

番人たちは、大木戸とそれを支えている石垣の間隙《かんげき》を使わせ、その代わり通行人は袖の下を渡す。

「ご苦労さまでございまする」

商人に扮した鞘蔵《さやぞう》が、番人に小腰《こごし》を屈《かが》めて見せた。

「おおっ、佐渡《さど》屋か」

品川側から声をかけられた番人が、鞘蔵を見て頬を緩めた。

「いつもいつもありがとうございまする。おかげさまで、わたくしどもの店も安心して商いができまする」

品川の宿場で宿屋という表看板の遊女屋をやっているというのが、今の佐渡屋鞘《さや》衛門《えもん》こと鞘蔵であった。

「こちらはお疲れ休めにでも。お渡ししなさい」

鞘蔵が連れていた小僧に命じた。

「へ、へい」

十歳をこえたばかりと見える小僧が、慌てて手にしていた重箱と酒徳利を差し出した。

「いつもすまぬな」

木戸番がうれしそうに荷を受け取った。

「いえいえ。ご苦労を思えば、このていどのこと」

鞘蔵が小腰を屈めながら首を横に振った。

「なにかあれば、遠慮なく申してよいぞ」

ちらと重箱の蓋上に置かれている懐紙包みへ目をやった木戸番が、一層頬を緩めた。

「ありがとうございまする。なにかございましたら、お願いをいたしまする。では、お役の邪魔になってはなりませぬので、これにて」

もう一度鞘蔵が頭を下げ、踵《きびす》を返しかけたとき、遠くから馬の駆ける音が響いてきた。

「早馬……」

木戸番が緩んでいた表情を引き締めた。

「佐渡屋、街道を外れておれ」

早馬と接触すれば、人なんぞ木の葉と同じように舞う。まず、大怪我は免《まぬか》れないし、打ち所によっては死ぬこともあった。

「は、はい。こっちへおいで」

慌てた振りで鞘蔵が小僧を伴って、街道を外れた。

「止まれ、止まれ、何者ぞ」

大声をあげながら、木戸番が早馬目がけて走った。

「道中奉行副役水城聡四郎、上様火急《かきゅう》のお召しに応じての乗り打ちである」

木戸番へ聡四郎が箱根の関所と同じ文言を叫んだ。

「上様の……御報せのあった」

木戸番が一瞬唖然とした。

「水城……だと」

鞘蔵も思わず口にした。

「旦那さま」

小僧が聞き咎めた。

「なんでもない」

鞘蔵が首を横に振った。

「木戸を開けよ」

聡四郎が命じた。

「今」

吉宗の名前が出れば、すべてはそこで終わる。

「開けよ」

御三家の行列くらいではどうにもならない大木戸が、急いで開かれた。

「かたじけなし。拙者本郷御弓町の水城聡四郎でござる。御礼は後日」

もう一度身許をはっきりさせて、聡四郎が高輪の大木戸を走り抜けた。

「まちがいない……」

小僧に聞かれないよう、鞘蔵が口のなかで呟いた。

「帰って来た。当然だな」

鞘蔵も紬を誘拐したという話は知っている。それにしても早馬と己の名前を出すことを許しているとは……。

吉宗の思わぬ寵愛《ちょうあい》ぶりに鞘蔵が驚いた。

「旦那さま……」

小僧がもう早馬は行ったと鞘蔵の袖を引いた。

「おおっ。そうであったな。いや、早馬など珍しくての。さて、では帰ろうか」

鞘蔵がようやく気づいたとばかりに、苦笑した。

木戸番は早馬が過ぎたことを、支配の勘定奉行に報告しなければならない。他にも開いた木戸を閉めるなど用も多い。

木戸番に声をかけることを止めて、鞘蔵は小僧を連れて品川へと戻った。

「ご苦労だったな。もう休んでいいよ」

鞘蔵は店に戻ると、小僧をねぎらった。

「少し出てくるからね。戸締まりをしっかりと頼む」

「へい」

後事を託された番頭が頭を下げた。

佐渡屋を出た鞘蔵は、穏やかな笑みを浮かべたままで品川の宿場を離れ、人気のない三田《みた》のほうへと足を進めた。

「使い切れないほど金が入るのはありがたいが……誰にたいしても笑顔を見せ続けなきゃいけないというのは、思ったよりも苦痛よな」

笑顔を消した鞘蔵が一瞬で忍に戻った。

「水城が帰ってきた。それをお頭にお報せせねば……」

鞘蔵が闇に溶けた。


「おい、起きろ」

気を失っている紅の頰を志方が叩いた。

「……うっ」

当て身を食らわされたわけではない。ただ、あまりの動きについていけなかった紅が、気を失うことで逃げただけなのだ。軽い刺激で紅は復活した。

「えっ。ここは」

紅が状況を把握できずに戸惑った。

「どいつもこいつも同じ戸惑いを見せることよ」

志方があきれた。

「あっ」

それで紅が気付いた。

「赤子はどこっ」

「ほう。今までで一番早く、己の役目を思い出したな」

志方が感心して見せた。

「隣の部屋だ」

「こちらね」

言われた紅が襖を開けた。

「…………」

部屋の中央に敷かれた敷物の上で紬が大きな目を開けていた。

「あああ」

思わず紅が歓喜の声を漏らした。

「まったく、どの女もよく似た反応をする。赤子のどこに涙を流すほどのものがあるというのだ」

志方が首をかしげた。

「さっさと乳をやれ。それに逃げようとはするなよ。ちゃんと務めを果たせば、出してやる」

生きてか死んでかを言わず、志方が部屋を出ていった。

「紬……」

小さく我が子の名前を呼びながら、紅が着物の合わせ目をくつろげた。

菜を追っていた阿藤が、横へと跳んだ。

「不意打ちか」

阿藤が飛来した手裏剣の出元へ目をやった。

「よくぞ、かわしたものよ」

山路兵弥が感心した。

「きさまっ。伊賀の郷忍か」

見たことのない風貌に、阿藤が推察した。

「御広敷の外れか。儂の顔を知らぬとはな。伊賀の郷へ修行にさえ来ておらぬ者が、一人前の顔をするとは」

山路兵弥が笑った。

「…………」

それへの返答は無言で飛んできた手裏剣であった。

「当たりもせぬ。足止めの意味もない。まったく無駄なことを」

棒手裏剣は鉄の塊を小指ほどの太さに伸ばし、先を尖らせた五寸（約十五センチ）ほどのものである。決まった型があるわけではないだけに、手作りしなければならず、そう安いものではなかった。

「なめたまねを……」

揶揄《やゆ》された阿藤が怒りにまかせ、続けざまに手裏剣を撃った。

「無駄遣いを」

山路兵弥が嘆息して見せた。

「おのれっ」

阿藤が忍刀を抜くなり、身体ごと突っこんできた。

「遅い」

あっさりと山路兵弥がこれを避けた。

「動くな」

「言われて止まる者などおるか」

怒り心頭《しんとう》に発《はっ》すとなった阿藤の言葉を山路兵弥が嘲弄《ちょうろう》した。

「くそっ」

もう一度、阿藤が山路兵弥に斬りかかろうとした。

「いいのか、こんなところで儂に引っかかっていて」

「なにっ……」

山路兵弥のあきれ顔に、阿藤が戸惑った。

「剝《は》がされたと気付いておらぬのか。情けない……これで伊賀者だとは」

「……まさかっ」

嘆いた山路兵弥に阿藤が息を呑んだ。

「いや、だまされぬぞ。そう脅して吾を行かせ、その後をつける気であろう」

阿藤が少し冷静になった。

「それもあるがの。だが、おまえがあの者を追ったおかげで、女を抱えた抜忍の背中ががら空《あ》きになったのは確かだろう」

「女を抱えた……」

紅を連れていったことを知っていると述べた山路兵弥に、阿藤が絶句した。

「もう一つ。ついでじゃ、教えてとらせよう。おまえが追いかけていた者はどこへ行った」

「……おらぬ」

笑いながら告げた山路兵弥に、菜を探した阿藤が驚愕した。

「戦いの最中に姿を消す。これの意味するところはなんだ」

「吾のことを報せるためであろう」

師のように訊いた山路兵弥に阿藤が答えた。

忍が単独で動かないのは、もしやられてしまった場合、そのことを味方に報せる方法がないからである。敵がどのような風体《ふうてい》で、どういった技を遣い、何人いたかがわからなければ、二の舞三の舞を繰り返すことになる。それを避けるため、後詰めの忍は、たとえ味方がやられようとも手出しをせず、すべてを見届ける。こうすることで、次の勝ちを拾う。と同時にこれが伊賀者の掟、復讐を支えてきた。

「おまえが儂を押せてもおらぬのにか」

見届けは負けそうなときに真価を発揮する。あきらかに山路兵弥が優位にあるときに、わざわざ戦場を離れて報告に行く意味はなかった。

「…………」

「わからぬとは」

答えに窮《きゅう》した阿藤に山路兵弥が嘆息した。

「もう一人の抜忍が帰った宿に、何人いるかの」

山路兵弥が嘲笑を浮かべながら続けた。

「そなたていどならば、儂一人で三人は軽い」

「援軍を呼びに行ったな」

ようやく阿藤が理解した。

「くそっ」

より阿藤が焦った。

「…………」

手裏剣を乱れ打ちにしながら、阿藤が間合いを詰めてきた。

「当たらねば意味がないぞ」

軽やかに山路兵弥が手裏剣をかわし、飛びこんできた阿藤の一撃を手甲《てっこう》で止めた。

「なんだと」

忍刀が折れた。

「刀をへし折る手甲を使うのが郷にいるとの噂を聞いた」

「おまえとは掛け違って会っていないがな、山路兵弥という」

「郷が敵に回ったというのは、真《まこと》であったか」

阿藤がそう言うと素早く背を向けた。

「案内してくれるのか、藤川のところへ」

「なぜ……」

言い当てられた阿藤が啞然とした。

「このまま儂を姫さまのおられるところに連れていけるはずはあるまい。そんなことをしてみろ、おまえたちの負けは決まる。となれば、もっとも腕利きとされる藤川のもとへ逃げこみ、地の利を利用して儂を迎え撃つしかあるまいが」

忍が宿としているところには、いろいろな罠が仕掛けられているのが通常であった。

「…………」

見抜かれた阿藤が唇を噛んだ。

「どちらでもよいぞ。さあ、行け」

山路兵弥が阿藤を煽《あお》った。

「なめるなあ」

阿藤が折れた忍刀を投げつけ、その後を追うように突っこんできた。

「ふん」

左の手甲で折れた忍刀を弾いた山路兵弥は、続けて右をまっすぐに突き出した。

「ぐはっ」

腹をしたたかに打たれた阿藤が沈んだ。

「味方の不利になると悟っての捨て身。最期だけは忍であったな」

山路兵弥が阿藤を見下ろした。

紅が紬に乳をあげている。その様子を天井裏から見張っていた志方が、首をかしげた。

「赤子の表情が違う……」

志方が音もなく、抜忍たちの控えとして使っている部屋へ戻った。

「………」

「どうした」

志方の雰囲気がいつもと違うことに気付いた仲間が問うた。

「いや、よく乳を飲んでいる」

「その割には浮かぬ顔じゃの」

控えには合わせて三人の抜忍がいる。そのうちもっとも年嵩《としかさ》の抜忍が、気になることがあるのだろうと促した。

「少し赤子の表情がな。いつもと違うように見えた」

「どういうふうにじゃ」

年嵩の抜忍が問うた。

「なにか、こう、穏やかというか、喜んでいるというか」

「それは満足に乳をむさぼれるからだろう。赤子なんぞ、腹が空いたか、漏らしたかしか言わぬのだ」

志方を出迎えた若い抜忍が一笑に付した。

「であればいいのだがな」

まだ志方は納得していなかった。

「気に入らぬか」

「なにがどうとは言えぬが、気に障る」

年嵩の抜忍の問いに、志方が首肯した。

「それほどならば、吾も見てくるとしよう」

すっと年嵩の抜忍が天井裏へと跳びあがった。

「…………」

年嵩の抜忍は、待つほどもなく還ってきた。

「いかがでござった」

若い抜忍が問うた。

「あれはおかしい」

年嵩の抜忍の顔色は悪かった。

「あの女の表情は、他人の子供を見るものではない。いかに女が赤子好きだと申しても、あのような顔をするのは違いすぎる。どう見てもじつの親子じゃ」

「でござろう」

吾が意を得たりとばかりに、志方が身を乗り出した。

「親子……あの女が水城の妻」

「馬鹿な。七百石の旗本だぞ。あれはどう見ても、その辺の女房だぞ」

志方の言葉に若い抜忍が首を左右に振った。

武家と町屋には大きな差がある。子供のころのしつけからして違うのだ。

「出入りの者ではないのか」

武家屋敷にはいろいろな人が出入りする。そのなかには町屋の娘もいた。屋敷に勤める者としての女中、出入りの業者の女、嫁入りの箔《はく》付けとして武家奉公の経歴を欲しがる娘などである。

「問いただすぞ」

「ああ、このままお頭の目に留まったら……」

「まずいな」

三人が顔を見合わせた。

紅の乳をたらふく飲んだ紬はすやすや寝ていた。

「おいっ」

三人が乱暴に襖を開けた。

「静かにおしっ。子供が起きる」

紅が三人を叱りつけた。

「……なっ」

三人が気圧《けお》された。

「いい大人が、寝ている子供を起こすようなまねをするんじゃないよ」

紬を抱いたままで紅が三人を睨みつけた。

「おまえ、水城の係累《けいるい》か」

「女中にしては下品だ。出入りの大工、左官の嫁だな」

志方と年嵩の抜忍が紅に質《ただ》した。

「違うわよ。この阿呆ども」

紅が紬を抱えこむようにして立ち上がった。

「下がりおろう、下郎《げろう》ども。妾《わらわ》こそ道中奉行副役水城聡四郎の妻である」

「えっ」

「…………」

威厳を見せた紅に、抜忍たちが唖然とした。

「お、おまえが……」

「将軍の養女」

志方と若い抜忍が目を見張った。

「なにをしている。捕まえろ」

年嵩の抜忍は驚愕から立ち直った。

「妻と娘、義理の娘と養孫。水城と吉宗に対し、これほどおおきな手札はないぞ」

「そうであった」

「おう」

言われた志方と若い抜忍が紅に向き合った。

「怪我をしたくなければ、おとなしくしろ」

抵抗させないための脅しとして、志方が忍刀を抜いた。

「誰が、おとなしくなんかするものですか」

紅が紬をかばいながら、言い返した。

「ならば……少し痛い目を見るがいい」

志方が紅の右手をめがけ、忍刀を振った。

第四章　因縁の邂逅《かいこう》

一

南町奉行所隠密廻り同心真田は、大岡越前守の前に出ることができなかった。

「見張りもまともにできなかったなんぞと報告できるか」

真田は組屋敷にも帰れなかった。

組屋敷に戻れば、どうしても顔見知りに会う。そこから真田が組屋敷にいたとの話が大岡越前守に届くかも知れない。

かといって吉原に居続けるわけにもいかなかった。

吉原は町奉行所役人に気を遣う。一夜やそこらなれば、歓待してくれる。それこそ店を代表する遊女を敵娼《あいかた》に出し、飲み食いもただでさせてくれた。

しかし、それもたまにだからだ。

三日も居続ければ、愛想も悪くなる。

金にならない客は妓《おんな》を疲弊《ひへい》させ、食事や酒は吉原の負担なのだ。

無理強いすれば、吉原から縁を切られる。なにも、その隠密廻り同心だけが、吉原に手配りをしてくれる者ではない。

吉原は一夜で千両を稼ぐ。その金を使えば、老中でも動かせる。

それでも町奉行所役人を吉原が接待するのは、小さな面倒ごとを片付けてもらうためであった。

吉原で遊んだが金がないと言う奴や、吉原ならば町奉行所の手も届かないと逃げこんでくる手配書きの極悪人などの対処を老中に頼むわけにはいかない。

もちろん、吉原にはそういった連中の対処をする男衆《おとこし》もいる。ましてや吉原は苦界《くがい》、大門《おおもん》の内側ではやった者勝ち、殺され損である。だが、それも大門を出るまで、一歩でも外に出れば、なにもできなくなる。

金の掛け取りの手伝いや、大門から追い出した極悪人の捕縛と町方役人を使う場面はある。

そのために吉原は町奉行所役人に気を遣っている。

とはいえ、そのていどで幾日も厄介をかけられてはたまらない。吉原の寛容さにも限界があった。

そして一人が無理を強いれば、町奉行所役人の評判にも影響する。

「しばらくお出入りはご遠慮を」

そう吉原から断りを入れられたら、真田への非難は強いものになった。

「……旦那、どうなさるおつもりで」

真田の世話をしている御用聞きが、ため息を吐いた。

「てめえ、おいらにいつから、そんな口が利ける身分となった」

「旦那のお世話をするのが嫌だなんぞとは申しておりやせん。いつまでも腐っておられたんじゃ、旦那のためにならないと思って」

御用聞きが手を横に振った。

「…………」

言われた真田が気まずそうに黙った。

「わからないんだよ、どうすればいいのか」

「そいつは、大事だ。真田の旦那といえば、南町きっての切れ者と言われたお方。その旦那がなにをしていいかわからないなんてことがあるとは」

御用聞きが大仰《おおぎょう》に驚いた。

「見習いの時期から数えて四十年、ずっと廻り方同心を務めてきた。そのおいらが、見張りをしくじるなんぞ」

「ご事情は存じやせんが、お一人でございやしたんでしょう」

嘆く真田に御用聞きが尋ねた。

隠密廻り同心というのは町奉行直属で、江戸中はもとより、全国のどこへでも出張《で》張《ば》った。その職務上、縄張りを持つ定町廻りや臨時廻りと違って、特定の御用聞きとの繋《つな》がりを求めない。

今、真田が世話になっている御用聞きは、定町廻りのときに面倒を見ていた者で、付き合いは二十年に近い。とはいえ、定町廻りから隠密廻りになったとき、後継者となった後輩の定町廻り同心に引き継いで、昔のように小遣い銭をくれてやったりのかかわりはなくなっていた。

「わかっているだろう」

隠密廻りの役目は極秘のものばかりである。いかに手が足りないとはいえ、口を滑らさないと断言できない御用聞きやその手下たちを使うことはできなかった。

「……口は堅いつもりでござんすがねえ」

御用聞きが不満を漏らした。

「おめえは信じているがな、手下たちはどうだ。おいらよりも今の旦那を優先するんじゃやねえか。人手を出してもらうとなれば、縄張りが薄くなるだろう。それに気付かねえほど、里中《さとなか》は鈍くねえ」

里中というのは、真田の後を引き継いだ定町廻り同心のことだ。南町奉行所に六人しかいない花形の定町廻り同心に選ばれるだけの実力を持っていた。

「どうなっていると里中に問われたら、口を割る者もいるだろう」

「…………」

真田に言われた御用聞きが黙った。

御用聞きは定町廻りあるいは臨時廻りから十手を預かるという形で、縄張りを維持している。房のない十手にはそもそもなんの権もないが、ようは定町廻り同心たちの代理との立場を利用しているだけなのだ。

その後ろ盾である定町廻り同心たちに迫られれば、いくら今まで世話になったとはいえ、縁が切れたような状況の真田に義理立てはしてくれない。

「十手を取りあげてもいいんだぜ」

「おめえに預けようか、十手を」

脅しに誘いで手下たちを揺さぶるくらい容易であった。

「真田の旦那……いかがでござんしょう。旦那に相談してみては」

御用聞きが提案した。

「…………」

じろりと真田が御用聞きを睨んだ。

御用聞きが、わざわざ真田の苗字を付けたのに対し、里中のことはそのまま旦那と呼んだ。これは、御用聞きにとって、里中が新たな主だという意思表示だと真田が見抜いたからであった。

と同時に、この案を受け入れなければなんの手助けもできないと、御用聞きが宣言したに等しい。

「…………」

御用聞きは目をそらさなかった。

「……世話になったな」

真田が腰をあげた。

「……すいやせん」

「安心しな。二度とおめえの前には顔を出さねえ。里中に尽くすんだぜ」

詫びた御用聞きに、真田は無言で手を振った。

「もう一度、本郷御弓町を見てくるか」

真田は暮れかけた江戸の空を見上げて嘆息した。


早馬とはいえ、江戸に入れば駆け抜けるわけにはいかなかった。将軍の足下、城下町で万一があってはならないからだ。

聡四郎と大宮玄馬は逸《はや》る気持ちを抑えて、馬の足を落とした。

「屋敷まであと小半刻（約三十分）ほどで着くな」

焦りを隠すため、聡四郎がわかりきったことを口にした。

「さようでございまする」

大宮玄馬も安堵した。

「後追いの話はなかった」

「ございませんでした」

聡四郎の確認に大宮玄馬が首肯した。

早馬は宿場ごとに馬を替える。もし、早馬を使っている者へなにか連絡しなければならないことがあれば、そこに伝えておけば届く。

宿場だけでなく、箱根の関所、六郷の渡しでも同じである。それがなかったということは、紬の身にあれ以上の異変はない。

「間に合ったな」

「はい」

一縷《いちる》の希望にすがるような聡四郎に大宮玄馬が同意した。


早馬には及ばないが、忍が本気で走ればかなり疾い。走れず並足にまで速度を落とした聡四郎たちが屋敷へ帰る前に、鞘蔵は藤川義右衛門が偽住職を務める深川の寺に到着した。

「お頭」

「なにがあった」

品川にいるはずの鞘蔵が現れたことに、藤川義右衛門が警戒した。

「水城が戻って参りましてございまする」

「……早いな」

鞘蔵の報告に藤川義右衛門が眉間にしわを寄せた。

「高輪の大木戸を通過するのを見ましてございまする」

「従者もか」

「早馬に乗っておりました」

騎乗は武士身分でないとできない。旅の途中で町人が馬に乗るのは、病人あるいは怪我人だという事情、あるいは荷物としての扱いという名分であった。

「吉宗が呼び返したな」

「おそらく」

藤川義右衛門のつぶやきに鞘蔵がうなずいた。

「よし、出るぞ」

「どちらへ」

鞘蔵が首をかしげた。

「東海道をずっと早馬に乗ってきたのだ。疲れているだろう」

馬に乗るのは体力が要った。両足で馬体を挟みこみ、落ちないように姿勢を正すだけでもかなり厳しい。ましてや早馬ともなれば、馬への負担を軽くする意味もあって、腰を軽く浮かせ、揺れに身体を合わさなければならない。

早馬は、普段の数倍体力を消耗した。

「従者とともに疲弊している今こそ、水城を討ち果たし、積年の恨みを晴らすときであろう」

「おおっ」

聞かされた鞘蔵が手を打った。

「ところで、他の者は」

ふと鞘蔵が本堂を見渡した。

「隣の空き屋敷に伊賀の郷から来た二人とあらたに配下にした無頼が五人おる」

藤川義右衛門が答えた。

「忍四人と賑やかし五人。それだけおれば大事ございませぬな」

鞘蔵が安堵した。

「ふふふふ、ついに好機が」

恨みをようやく清算できると藤川義右衛門も興奮した。

「お頭」

そこへ、隣の屋敷で待機していた抜忍が現れた。

「三郎《さぶろう》太《た》か。ちょうどいい。皆を呼べ。今から出撃をする」

藤川義右衛門が告げた。

「さすがは、お頭。すでにお気づきでございましたか」

三郎太と言われた抜忍が感心した。

「お気づき……なんだ」

ふと藤川義右衛門が疑問を持った。

「今、両国橋を見張っていた者が、駆けて参りました。先日の茅場町の一件」

「ああ、五つかそこらの親分が手を組んだというやつだな」

藤川義右衛門がすぐに思い出した。

「その連中が深川に」

「……今か。面倒な」

藤川義右衛門が頬をゆがめた。

「どのくらいだ」

「配下が見てのことでございますれば、正確とは申せませぬが、ざっと三十」

「三十……内訳は」

「浪人が五人はいたようで」

さらに問うた藤川義右衛門に三郎太が述べた。

「腕がわからぬのが痛いの」

「三十くらいならば、配下の連中に任せても」

鞘蔵が提案した。

「ここを目指している……わけはないな」

伊賀者の宿をそのへんの無頼が見つけられるはずはなかった。

「…………」

三郎太が黙った。

「他の親分に踊らされた馬鹿が出たか」

「出ていないとは申せませぬ。すべてに目を付けるわけにもいきませず」

険しい目をした藤川義右衛門に、三郎太が目を伏せた。

縄張りを支配したことで、藤川義右衛門たちのもとには、何十人という配下ができた。

「どうぞ、子分に」

「なんでもいたしやすので」

縄張りのもと親分たちを片付けた後、媚《こ》びを売ってきた者を藤川義右衛門は受け入れていた。そうしないと縄張りの詳細がわからなくなるからであった。

しかし、もともと無頼になろうかという連中である。まともな者はまずいなかった。

「いつかは、縄張りを」

「金を奪って……」

下剋上《げこくじょう》、あるいは盗みを考えているなどましなほうで、

「売ってくれる」

他の縄張りの親分に、隠れ家やいついつどこに行くかなどを漏らし、その混乱を利用して乗っ取ろうともくろんでいる者もいた。

「本拠を知られていると考えて動かねばならぬか」

藤川義右衛門が嘆息した。

「迎え撃つ用意を」

三郎太が腰をあげた。

「いや、ここで騒ぎを起こしたくはない」

僧侶という隠れ蓑をなんとか得たばかりである。隠密として地方に行き、そこに根付いて何代もかけ、探索を続ける草《くさ》と呼ばれる者を見てもわかるように、忍にとって別の身分を手に入れる意味は大きかった。

「討って出るぞ。途中で迎え撃ち、さっさと片付ける」

藤川義右衛門も立ちあがった。

「はっ」

「おう」

鞘蔵、三郎太が応じた。

二

深川に入った神田の親分たちは、威勢を見せつけるかのように、幅一杯に辻を占領して進んでいた。

「四谷の親分、まだか」

後方にいた浪人が不満を述べた。

「磯崎《いそざき》先生、もうちょっとで」

四谷の親分が宥《なだ》めた。

「これほど歩いたのは、近年まれに見るわ」

磯崎と言われた浪人がため息を吐いた。

「四谷からは遠いからの」

別の浪人が首を左右に振った。

「まったくじゃ。千鮎《ちねん》氏。いつもならば、遊女を抱きながら酒を呑んでいる頃合いだというに」

磯崎が文句を口にした。

「その女を抱き、酒を食らうためには金が要るであろうが。金を稼ぐためじゃ、辛抱されよ」

ひときわ大柄な浪人が、磯崎をたしなめた。

「……うっ」

正論に磯崎が詰まった。

「先生方も他の連中もしっかりお願いしますよ。うまく藤川を仕留められたら、報酬は十二分にお支払いいたしますので」

四谷の親分が、釘を刺した。

「わかっているともよ」

「我らの力、しっかりと目に焼き付けてもらおうか」

浪人たちが気炎を吐いた。

「しかし、見張りもおいちゃいねえのか。やはり素人が力だけで縄張りを手にすると、穴が目立つな」

千鮎があきれた。

「一人、二人は肚《はら》の据《す》わった連中もおるだろうと楽しみにしてきたというに、この有様では、大根切りで終わりそうじゃ」

大柄な浪人が嘆息して見せた。

「油断は禁物ですぞ」

目黒の親分がもう勝った気でいる一同をたしなめた。

「……来たぞ」

先頭を歩いていた浪人が、太刀を抜きながら注意を促した。

「ようやくか」

「これで歩かずともすむ」

無頼と浪人たちが、顔つきを変えた。

「他人の縄張りに来て、挨拶もなしに白刃を抜くとは、ちと礼儀ができていないのではないか」

険しい目で藤川義右衛門が、神田の親分を睨みつけた。

「顔役の肝煎《きもいり》である茅場町の親分さんに、さっさと隠居しろなどと言い放つ輩に、礼儀は要るまい」

神田の親分が言い返した。

「力のある者が、ない者からすべてを奪う。これが闇の決まりだろう」

「ならば、我らが深川でなにをしようが、文句なかろう」

藤川義右衛門の言葉をそのまま神田の親分が返した。

「力のある者がと言っただろう。おまえたちはない者だ。おまえたちは我らに蹂《じゅう》躙《りん》されるのみ。やれっ」

「おう」

手をあげた藤川義右衛門の合図で、三郎太と鞘蔵が突っこんだ。

「ぐっ」

「がはっ」

たちまち先頭にいた浪人と無頼が血に染まった。

「疾いぞ」

「気をつけろ」

あわてて皆が武器を手にし、警戒を始めた。

「遅い」

もう一人の抜忍が走りながら、手裏剣を投げた。

「ぐっ」

長脇差《ながどす》を振り上げていた無頼が二人崩れ落ちた。

「…………」

三人の抜忍が動くたびに、複数の敵が倒れた。

それでも三十人という数は、そうそうに潰されない。

「一気にかかれ。藤川さえ仕留めればいい」

神田の親分が動揺した配下たちに気合いを入れた。

「おう」

「やってやるぜ」

「任されよ」

仲間の死を気にせず、無頼たちが藤川義右衛門へ向かった。

「なにをしておる。おまえたちも出よ」

藤川義右衛門が見ているだけの配下たちを叱咤した。

「えへっへ、親分。褒美はいただけるんでやしょうね」

下卑《げび》た笑いを配下が浮かべた。

「褒美は、手柄を立てたらくれてやる」

「金を惜しんで死んじゃあ、意味がねえぜ」

「まったくだ」

藤川義右衛門の周囲から抜忍三人が離れたのを好機ととらえたのか、もともと深川にいた無頼たちが態度を大きくした。

「…………」

「いかに親分が強くても、こっちは命知らずが十人もいるんだ。少しは、足下を見たほうがいいんじゃございませんかね」

頬に傷のある無頼が笑った。

「砥蔵《とぞう》、おまえが裏切っていたのか」

「裏切ったとは聞こえの悪い。あっしらは、江戸の闇をまともに戻そうとしただけで。一人がすべてを支配するようじゃ、闇は終わりで」

藤川義右衛門に指摘された頬に傷のある砥蔵が口の端を吊り上げた。

「親分を売って、どれだけのものをもらう」

「深川よ。やっちまえ」

「おう」

訊かれて答えた砥蔵の合図で、十人が一斉に藤川義右衛門へ襲いかかった。

「……おろか者。配下より弱い頭がいてたまるか」

嘆息した藤川義右衛門が垂直に跳びあがった。

「……上だ」

目標を見失った深川の無頼たちが、慌てて上を見た。

「馬鹿ども」

そろって顔を向けた連中を嘲笑《あざわら》って、藤川義右衛門が懐から卵を取り出し、殻を潰しながら、砥蔵たち目がけて投げつけた。

「うわっ」

「い、痛てえ」

「目が、目がああ」

まともに目潰しを食らった深川の無頼たちが顔を押さえてうめいた。

「さっさと片付けるか」

忍刀を抜いた藤川義右衛門が、淡々と呟いた。

「開門いたせ。お帰りである」

馬から下りた大宮玄馬が、表門へ向かって声をあげた。

「と、殿」

門番が急いで大門を開けた。

「お帰りなさいませ」

門内に馬で乗り入れた聡四郎を、若党頭《わかとうがしら》に出世した佐之介《さのすけ》が出迎えた。

「馬を頼む。明日、大伝馬町《おおてんまちよう》の宿駅《しゆくえき》に返してくれ」

「はっ」

佐之介が聡四郎と大宮玄馬の馬を、屋敷の玄関近くにある厩《うまや》へと連れていった。

「し、四郎さま」

閉じられていた屋敷の玄関が引き開けられ、女中の喜久《きく》が礼儀を忘れ、足袋裸足で転げるように出てきた。

「よ、よくぞお戻りに」

「喜久か。上様から至急戻れとの御諚があった。紬が攫われたとのこと。どういうことか」

涙を流す喜久に聡四郎が問うた。

「あいにく、その場にはおりませんでしたので、詳しくは存じませぬ」

「紅は、どうした」

あらためて聡四郎があたりを見回した。

「奥方さまは……」

喜久が口ごもった。

「まさかっ……怪我でもしたのか」

吉宗からの手紙には、紅について記されてはいなかった。それを聡四郎は書くほどの被害でもないと取っていた。

「いいえ。お怪我の類いはまったく」

喜久が強く否定した。

「では、どうしたと言うのか」

はっきりしない喜久に聡四郎がいらだった。

「落ち着かぬか、聡四郎」

奥から叱咤の声がした。

「父上」

水城家の隠居功之進《こうのしん》であった。

「紅どのは、今出ておる」

「どこへ」

「聞かずともわかるであろう」

訊いた聡四郎に功之進があきれた。

「紅どのが、紬さまを救わずにいられれようはずはあるまい」

「……なにを」

功之進の答えを聞いた聡四郎がため息を吐いた。

「師はそれに」

「うむ。入江も紬も付いていったわ」

念のために問うた聡四郎に、功之進が告げた。

「どこへ」

「知らぬ。儂には何も報せてくれぬ」

功之進が力なく肩を落とした。

紅が聡四郎と知り合い、水城家へ出入りを始めたころから、功之進は不満を抱いていた。功之進は町人の娘である紅ではなく、名門旗本から聡四郎の妻を迎え、家格をあげたいと考えていたからであった。

「余《よ》が娘とする」

聡四郎を手足とするために当時紀州徳川家藩主だった吉宗が紅を養女とし、その結果、功之進も反対できなくなり二人は婚姻をなした。

出が町人であろうとも、現将軍の養女となれば、そのあたりの旗本、大名では太刀打ちできない。功之進は聡四郎と紅の婚姻を認めたが、以降も距離を置いていた。

「喜久、そなたはどうだ」

聡四郎が喜久に尋ねた。

喜久は聡四郎が子供のころから仕えてくれている女中である。四男で家を継げるはずもなかった聡四郎をかわいがってくれた。早くに母を亡くした聡四郎の、まさに母親代わりであった。

「伺っておりました」

喜久がうなずいた。

「どこだ」

「当初、深川の八幡宮の付近だと言われておりましたが、本日、深川御船蔵近くと」

「それでは範囲が広すぎまする」

喜久の答えに、大宮玄馬が眉間にしわを寄せた。

「いや、それだけ狭まったのだ。助かったぞ、喜久」

聡四郎が大宮玄馬をたしなめ、喜久を褒めた。

「四郎さま」

喜久が感極《かんきわ》まった。

「玄馬、出るぞ。用意をいたせ」

「このますぐにでも」

言った聡四郎に、大宮玄馬が応えた。

「先日、落ち着けと諭したのは、玄馬であったはずだぞ」

聡四郎が首を横に振った。

「まず、衣服を変えねばならぬ。戦いになるとわかっておるのだ。動きやすいものに着替えるのはもちろん、万一のために紙子《かみこ》を身につけておかねばならぬ。それに草鞋《わらじ》も早馬で酷使した。いつ切れてもおかしくないだろう」

紙子はその名の通り、紙でできた襦袢のことである。和紙を素材としていることで、刀の刃が通りにくくなっており、まともに食らえば意味はないが、刃筋のずれた一撃なら、防いでくれた。

また屋外であろうが、屋内であろうが、足下をしっかりとさせなければ戦いにはならない。草鞋は臑《すね》から足首までしっかりと固定してくれるので安心して戦えるが、もとが藁《わら》だけにすれたりしていると戦いの最中に切れるときがあった。

「さようでございました。では、ただちに」

大宮玄馬が一礼して、己に与えられている長屋へと帰っていった。

「喜久、湯漬けの用意を二人分頼む」

「はい」

言われた喜久が台所へと走っていった。

「……いけるな」

湯漬けを二杯食った聡四郎が、やはりおかわりをした大宮玄馬に問うた。

「はい」

強く大宮玄馬が首肯した。

「では、参ろうぞ」

聡四郎が太刀の柄を叩き、決意を露《あら》わにした。

三

藤川義右衛門を裏切った深川の無頼たちは、目潰しを食らったため、まともに抵抗することも逃げ出すこともできず、全滅した。

「ふん」

血に沈んでいる砥蔵を鼻で笑った藤川義右衛門が、神田の親分たちに向かおうとしたところへ、一人の抜忍が駆け寄ってきた。

「お頭」

「そっちもか」

その抜忍は、紬を捕らえているしもた屋付近を見張らせている者であった。

「阿藤がやられましてございまする」

「誰にだ」

「遠目で確実とは言えませぬが……二人の忍が組んでおりました。それに……」

抜忍が言いよどんだ。

「どうした。確実でなくともよい。気付いたことがあればすべてを申せ」

「……あの影は山路兵弥ではないかと。わたくしが郷で修行したときに、直接教えを受けましてございまする。おそらくまちがいないと」

苦い声で抜忍が告げた。

「郷忍の重鎮ではないか……ちぃい、郷が敵に回ったか」

藤川義右衛門が眉をひそめた。

「鞘蔵、そちらを任すぞ。片付けたならば、志方と合流いたせ」

「承知」

縦横《じゅうおう》無尽《むじん》に敵のなかを飛び回りながら、鞘蔵が引き受けた。

「話は走りながら聞く」

「はっ。さきほど……」

走る藤川義右衛門の要求に抜忍が追いながら報告をした。

「宿も見つかったと考えるべきだな」

藤川義右衛門は紬の隠し場所がばれたと読んだ。

「間に合え」

切り札を失う。配下の抜忍を犠牲にしてまで手にした人質を取り返されては、今までの努力は無に帰す。

どころか、人質の命がかかっていればこそ、表だっての攻勢は避けられている。その遠慮がなくなるのだ。

たしかに縄張りを拡げたことで、藤川義右衛門の手下になった者は増えた。すべての縄張りを合わせれば、抜忍を除いても二百をこえる。

しかし、さきほどの深川を見てもわかるように、急に出てきた藤川義右衛門への忠誠心なんぞない。ただ、強い者に従って、己も甘い汁を吸いたいだけで、少しでも危ないと感じれば、掌を返す。

藤川義右衛門が縄張りを奪ったときも、親分がやられたとわかった瞬間に、あっさりと降伏している。なかには、親分が不利になったと感じたとたん、藤川義右衛門へすり寄ってきた者もいる。

縄張りが回らないから、そういった連中も受け入れてはいるが、藤川義右衛門は信用していなかった。

なにより支配地が拡がったことで、配下の抜忍をそちらに回さなければならず、どことも手薄になってしまった。それが、この結果を生んだ。

もし、吉宗が本気で藤川義右衛門たちをあぶり出す気になれば、やっと手に入れた縄張りを捨てて、江戸から逃げ出すしかなくなる。そして、郷まで敵に回ったとなれば、新たな忍の加入は望めず、減らされた人員で盗賊をして生きていくしかなくなる。

そうなれば、配下の抜忍も信じられなくなる。

そもそも藤川義右衛門は御広敷伊賀者組頭《くみがしら》という地位を捨てて闇の住人になると決めたとき、幕府伊賀者や郷から聡四郎を討ちに下向《げこう》してきた忍を裕福な生活を餌に釣った。

今はその約束通り、縄張りを手にしてかなり贅沢《ぜいたく》な日々を過ごしている。一年を十両ほどで過ごさなければならなかった幕府伊賀者、耕地がなく食うや食わずだった郷忍たちに、月数十両を渡せている。

有言実行したからこそ、抜忍も増え、無茶な命にも従ってくれている。

だが、最初の前提、忍のときよりもよい生活が崩れれば、いつ見放されても文句は言えなかった。

「人質の側には何人いる」

「三人と雑魚《ざこ》が四人でございまする」

抜忍が答えた。

「水城はまだ深川まで出張ってはこれまい。となれば、向こうはあの老剣士と袖、それに山路兵弥、難しいか。討って出ようと考えず、時間稼ぎに徹してくれればなんとかなるか」

藤川義右衛門が難しい顔をした。

敵に宿を狙われるというのは恐ろしい事態ではあるが、敵の宿を襲うよりははるかに楽であった。

なにせ、忍が宿として使っているのだ。いろいろな仕掛けが施されている。さすがに、浅草から逃げてきたばかりなので、そうそう規模の大きな罠を仕掛ける間はなかったが、廊下や座敷に設けられた落とし穴、落下してくる天井、襖を貫いて飛んでくる矢などはしこんである。簡単に罠に嵌まってくれるとは思えないが、罠があるというだけで足取りは遅くなる。

「跳ぶぞ」

藤川義右衛門が屋根へあがった。

入江無手斎は一人、紅が連れこまれたしもた屋の前に立った。

「……………」

無言で入江無手斎が脇差を抜いた。

浅山鬼伝斎との戦いで右腕の力を失った入江無手斎は、一放《いっぽう》流の技は遣えなくなった。とはいえ、長年の修練で培《つちか》った経験と膂力《りょりょく》は、並の剣士ならば片手で一蹴《いっしゅう》できる。

「ぬん」

入江無手斎が一撃でしもた屋の格子戸を斬った。

格子戸はよく乾いた杉や檜《ひのき》を交差させて作られる。一本一本は刀で斬れないほど太くはないが、格子状になっているため、一振りで何本も斬らなければならない。最初のいくつかは斬れても途中で勢いが落ち、最後は食いこんで止まるか、折って終わるかになる。

しかし、入江無手斎の一刀は十数本もの木で編まれた格子戸を一刀で両断した。

「……なんだあ」

しもた屋の出入り口で博打に興じていた無頼の一人が、音に気付いて顔を出した。

「爺、てめえ、なにをしやがる」

無頼が大声をあげた。

「どうした、松《まつ》」

なかから別の無頼の声がした。

「出入りだ……」

味方のほうを振り向いた松の首が落ちた。

「えっ」

「………」

欠けた茶碗に賽子《さいころ》を投げ入れ、丁半《ちょうはん》博打をしていた無頼たちが、一瞬呆然とした。

「笑わせてくれる」

入江無手斎が小部屋に入りこみ、小さく脇差を振った。

「さて……」

血塗られた脇差を左手に提げ、入江無手斎が草鞋のまま廊下へ足を踏み出した。

入江無手斎と分かれた袖が、屋根裏から侵入を果たそうとしていた。

「ちっ、鉄板か」

瓦を剝がした下に薄い鉄板が敷き詰められていた。

薄紙ていどの厚さしかないとはいえ、苦無や忍刀で鉄板を破るのは難しい。もちろん、ときをかければ破れるが、ここで時間を取れば異変に気付かれて対応するだけの余裕を与えてしまう。

「やむを得ぬ」

袖はしもた屋の狭い庭に降り立つことにした。

木々や石灯籠《いしどうろう》などの遮蔽物《しゃへいぶつ》の多い庭は、忍の味方である。しかし、そういったものに乏しく、逃げ回るには狭い、小さな庭は逆に鬼門《きもん》であった。

「伐採《ばっさい》したか」

しもた屋の庭は丸裸であった。木は根元から切られ、庭石などの飾りは撤去されていた。そのうえ、かがり火も焚かれていない。

かがり火は闇を照らす代わりに、灯りの届かないところをより濃く染める。忍にとって、夜中の灯りは味方であった。

「これでは降りた途端に集中攻撃を受ける……」

さすがの袖も二の足を踏んだ。

「……なれど、奥方さまをお救いし、姫さまを取り返さねばならぬ」

ぐっと袖が肚をくくった。

袖が忍装束を脱いだ。続けて脱いだ忍装束で、侵入のため外した瓦をくるむ。

「このくらいでいいか」

忍装束にあるていどの厚みが出たところで、袖は右手に手裏剣を握った。

「……はっ」

「…………」

袖が瓦を包みこんだ忍装束を庭へと投げこんだ。

後を追うように袖も跳んだ。

紅を押さえこもうとしていた抜忍たちが、屋根瓦を外す音に気付いた。

「来たようだ」

「ああ。任せろ」

若い抜忍が侵入者への対応をすると告げた。

「かならず仕留めろ」

「承知している」

年嵩の抜忍に念を押された若い抜忍が不満そうに口を尖らせた。

「さっさと行け」

志方が若い抜忍に手を振った。

「……わかった」

二人に睨まれた若い抜忍があきらめて、庭へと向かった。

「種田《たねだ》の親爺、女を押さえてくれ。吾は赤子を」

「おう」

志方の指示に種田と呼ばれた年嵩の抜忍がうなずいた。

「…………」

紅は部屋の隅へ身を寄せ、紬を離すまいとぐっと抱きしめた。

「怪我するぞ。おまえだけではない、赤子もだ」

紅にも紬にも傷を負わせるわけにはいかない。人質は生きていればこそ、その価値がある。

志方が紅の目をじっと見つめながら、説得した。

「…………」

紅は無言で志方を睨み返した。

「母娘でともに死ぬか。今は捕らえられていても、生きてさえいれば助けが来るかも知れぬ」

志方が紅の説得を続けた。

「…………」

紅は口を開かなかった。

「やむを得ぬな、志方」

種田が説得は無駄だと断じた。

「……なんだあ」

志方が飛びかかろうとしたとき、表の騒動が聞こえてきた。

「表からもか」

抜忍二人が顔を見合わせた。

「儂が行こう。一人でも問題ないな」

端《はな》から無頼には期待していない。使い走りとして役に立ってくれればよく、敵への壁としての役目は求めていなかった。

「もちろんだ。女一人、寝ていても逃がしはせぬ」

確認した種田に、志方が胸を張った。

「なれば……」

種田が廊下へと出ていった。

「女、これで手加減はできなくなったぞ」

甘い対応を望むなと、志方が紅へ言った。

四

庭へ出た若い抜忍は用意していた短弓に矢をつがえて、敵が現れるのを待った。

柿色の忍装束が、まっすぐに庭へと降りてきた。

「……今ぞ」

若い抜忍がつがえていた矢を放った。矢は落ちてきた忍装束へとまっすぐに進み、突き刺さった。

「やった」

しっかりとした手応えを感じた若い抜忍が歓喜した。腕は立ったが、経験が浅い。仕留めた後こそ気を張らなければならないと知らなかった。

「…………」

その若い抜忍目がけて、忍装束に続いた袖が、手のうちの手裏剣を投じた。

「かはっ……」

矢を当てた戦果を確かめようと腰を浮かせた若い抜忍の顔に、棒手裏剣が突き刺さった。

「一人」

庭に落ちた袖が、転がるようにして建物の床下へ身を隠した。

「あと何人だ」

袖がいっそう緊張した。

入江無手斎は、数歩廊下を進んだところで、不意に後ろへ跳んだ。

「……外したか」

襖から突き出た槍が引き込まれた。

「気配がだだ漏れじゃわ」

姿を見せた種田に、入江無手斎が嘆息した。

「突いたはずだが……」

名残《なごり》惜しげに種田が手に持っていた半間（約九十センチ）ほどの長さしかない短槍の穂先を見た。

「あんなていどの待ち伏せに引っかかる者などおらぬわ」

「吾が気配を感じるとは、なかなかやる」

「山の中の熊のほうが、まだ静かだぞ」

「さすがは剣術遣いといったところだな」

「赤子でもわかるわ」

自尊心を傷つけられた種田に、入江無手斎が追撃した。

「……通れると思うな」

短槍を手にした種田が廊下で立ちはだかった。

「邪魔をするか」

「この先に行かせはせぬよ」

問うた入江無手斎に種田が短槍を構えた。

槍というのは裏を掻かない戦場ではやっかいな相手であった。

とくに脇差との相性は最悪といえた。

まず、間合いが違いすぎる。狭いところでの取り回しを考え、柄を短く切ってあるとはいえ、短槍の間合いは三尺（約九十センチ）をこえる。石突《いしづ》き近くを握り、まっすぐに突き出すだけならば、四尺（約百二十センチ）に届く。

一方、脇差は、精一杯腕を伸ばしても三尺には届かない。しっかりと柄を持って振り回すとなれば、二尺が限界になる。

つまり、一尺以上、短槍が間合いでは上回る。

短槍が有利なのは、間合いだけではなかった。

槍というのは、突くことに特化しているように見えて、そのじつは薙《な》ぐ、叩く、斬るといった動きもできる。

そもそも槍は戦場で鎧兜《よろいかぶと》に身を包んでいる敵を叩き伏せるための道具として遣われてきた。槍の柄をしならせて、相手の頭を叩いて気を失わせる、肩を叩いて骨を折る。そうして相手の抵抗力を奪い取ってから、突き刺す。

そうでもしないと、なかなか鎧や兜で身を固めた敵を討ち取れないからだ。そのために、槍の技は発展してきた。

「…………」

無言で入江無手斎が脇差を下段にした。

刃渡りの短い脇差は、間合いが狭い代わりに、速度が速い。

まっすぐ単純に繰り出してくる槍の疾さを太刀で抑えるとなると、刀自体の重さが足を引っ張る。また、槍に突かれての対応になるため、太刀の持つ間合いの長さは食いこまれることになり、あまり意味をなさない。

なにより、上から槍を叩いたところで穂先は止められない。それこそ神業《かみわざ》で穂先の先端と刀の刃がかち合えばできるかもしれないが、まず無理である。かろうじて槍の勢いを上から下向きに変えるのが精一杯、当然穂先は斜め下、すなわち胸を狙っていた一撃が、腹、下腹部、足へと向かってくることになった。すでに刀を一度振るっているため、それを止めることはできず、身体や足を使ってかわさなければならなくなる。

戦いの最中に無理な動きをするのは、大きな隙《すき》になった。

それが下段からの弾きあげになると、話は変わった。打ち上げられた槍の穂先は、天井へと向かう。よほど槍を押さえこむだけの技あるいは力があれば、なんとか頭を狙えるかも知れないが、的として小さいだけに、わずかな動きで避けられる。

槍と剣との戦いを経験したことのある者、心得を持つ者は、下段からの対処を選ぶ。

「片手打ちとは、片腹痛いわ」

入江無手斎の構えを見た種田が、頭に血を昇らせた。

「なんなら、片足であしらってやろうか」

さらに入江無手斎が煽った。

「その傲慢《ごうまん》、いつまでも通じると思うなよ」

種田が短槍を小さく繰り出した。

「…………」

誘いと見抜いた入江無手斎は、なんの反応も見せなかった。

「……ふん」

つまらなそうに種田が短槍をたぐり寄せた。

「このていどでいかぬとあれば……」

種田が穂先が左の腰で隠れるほど、短槍を引いた。

「忍の槍技を見るがいい」

言い放つと、大きく踏みこんだ種田が、稲妻のような疾さで短槍を突き出した。

「ふっ」

息を抜くような声を漏らしながら、入江無手斎が身体を左に動かしてかわした。

「甘いわ」

種田が短槍を戻さず、横薙ぎに変えた。

「で」

横薙ぎは槍の技には違いないが、突きに比べて勢いがなくなる。ましてや、突き技を止めてからの薙ぎとなれば、怖れるべきは穂先だけでいい。

入江無手斎は脇差の峰で槍のけら首を止めた。

「ちっ……」

勢いをなくした槍など、ただの棒と同じである。脇差で断ち割られる前に、種田が短槍を戻した。

「……しなれっ」

繰りこんだ短槍を出しながら、種田が柄を上下させた。短槍の柄である木のたわみを利用し、穂先を揺らしながら攻撃してきた。

槍は点だからこそ強い。一点に力を集中できるからこそ、鎧を貫くこともできる。

「大道芸か」

入江無手斎が半歩引いて、種田の技を無意味だと嘲った。

「…………」

嘲笑された種田が黙った。

「次の出しものは」

「…………」

「もう終わりか。それでは両国広小路では、投げ銭さえもらえぬぞ」

鼻で笑いながら、入江無手斎が体重を前にかけた。

「このていどの連中に……姫さまを奪われたとは、一代の恥よな」

廊下を蹴って入江無手斎が飛び出した。

「くっ、疾い」

手元に飛びこまれては槍は不利になる。

すっぱりと槍を捨てた種田の判断は見事なものであった。だが、入江無手斎の脇差のほうが疾かった。

「ぎゃっ」

右足の太ももを大きく割られた種田が、痛みのあまり転がった。

「…………」

少しでもときが惜しいと、止《とど》めを刺さずに入江無手斎が背を向けた。

「くそっ」

手を伸ばして落とした短槍を摑んだ種田が、入江無手斎目がけて投げた。

「……なんの」

入江無手斎がその場で跳んで短槍をかわした。

「狙いはよかったがな」

ちらと振り向いた入江無手斎が、種田を褒めた。

種田の短槍は、入江無手斎の両足の間を襲っていた。刺されば幸い、悪くとも足に槍の柄が絡んで転ばすことができる。倒れてから起きあがるには、身体の重心を大きく移動させなければならない。どれほどの名人上手といえども、この隙を狙われては厳しい。手裏剣でも十分、仕留めることができた。

「十日前なら通じたかもしれぬ。だが、今の儂に不意打ちなど無駄よ」

「なにせ、儂は獣だからな」

入江無手斎がにやりと口の端を吊り上げた。

「ひっ」

煌々《こうこう》と光る入江無手斎の目に見据えられた種田が悲鳴を漏らした。

一人を仕留めたからといって、紬は慎重であった。

手の届くところに紅と紬がいる。普通ならば、激情に駆られずとも、少しでも早く助け出したい。近づいて、その無事だけでも確認したい。

その想いを紬は押し殺し、警戒を緩めず、母屋を窺《うかが》った。

もし、ここで焦って紬が傷を負う、あるいは命を失えば、それだけ紅と紬の救出は困難になる。

「…………」

歩けば十歩もかからない庭を紬はつま先で刻むようにして、母屋《おもや》に近づいた。

「一人になったからと安心しているようだな」

志方が紅に笑いかけた。

「あいにくだな。吾一人でも十分なのだ」

「…………」

紅が目を志方の後ろへ送った。

「助けが来るのを待っているようだが、無駄ぞ。我らは伊賀者だ。勝つためにはどのようなことでもする。仕合《しあい》という決まりごとのなかで生きている剣術遣いなど敵ではない。ましてや、利き腕が使えなくなった年寄りなど、話にもなるまい。また女忍は決して男忍に勝てぬ。なぜならば、修練の厳しさに大きな差がある。女忍には男忍とは違った役目がある。閨《ねや》での役目がな。ゆえに修練は中途半端で終わる。脱いだ途端に鍛え抜いているとわかってしまうだろうからな」

志方が、紅の救出に出向いてきたのは入江無手斎と袖だろうと見抜いていた。

「はん」

紅が見下すような顔をした。

「御師と袖の実際を知らないくせに」

「知らずともわかるわ」

志方が返した。

「御師が何人削ったか知らないとは言わせないよ」

「…………」

水城屋敷を襲って返り討ちに遭った抜忍は片手では足りない。

「黙れ。お前たちさえ押さえておけば、なにもできまい」

志方がじわじわと近づいてきた。

「紅どの」

「御師、こちら」

廊下から問う入江無手斎の声に、紅が応じた。

「そこかっ」

紅の叫びを入江無手斎は受け取った。

庭から母屋を窺っていた袖の耳にも、紅の声は聞こえた。

「奥方さま」

袖も慎重さをかなぐり捨てて、建物の雨戸を蹴り破った。

五

聡四郎と大宮玄馬は、深川八幡宮にいた。

「懐かしんでいる場合ではないな」

夜になっても、深川八幡宮への参拝客はある。

参拝客に遠慮しながら、聡四郎たちは境内を窺った。

「はい」

大宮玄馬も首肯した。

ここで聡四郎、大宮玄馬は袖と知り合った。いや、殺し合った。それからまだ数カ月しか経っていない。

あまりの変化に、二人はなんとも言えない顔をしていた。

「御船蔵はあちらだな」

聡四郎が大川を指さした。

「となれば、ここ八幡宮から御船蔵の間と見るべきか」

「おそらく」

推測する聡四郎に、大宮玄馬が同意した。

「無意味かも知れぬが、この辺りを探りつつ御船蔵を目指すぞ」

「二手に分かれまするか」

足を動かした聡四郎に、大宮玄馬が尋ねた。

「……いや、止めておこう。ここは敵地だ」

分散して各個撃破されるのを聡四郎は嫌がった。

「では、わたくしが前を」

大宮玄馬が出た。

「任せる」

聡四郎が続いた。

「…………」

その姿をかなり離れたところから、真田が見ていた。

「ついているとしか言えねえな」

真田は十二分な間合いを取りながら、聡四郎と大宮玄馬の後をつけた。

人通りがあるとはいえ、まともな武家はまず日が暮れてから出歩くことはしない。遊びに出るとしても、深川ではなく吉原や柳橋《やなぎばし》などですませる。

深川で遊ぶのは、金のない御家人《ごけにん》あるいは諸藩の勤番侍、浪人といったあたりで、まず聡四郎たちのように、きっちりと羽織袴を着こんではいなかった。

「さて、どこへ行くかを見届けたら、お奉行さまへお報せだ」

町奉行直属の隠密廻り同心といえば聞こえはいいが、そのじつは町奉行所役人の枠から外れた半端《はんぱ》ものでしかなかった。

本来、町奉行所に属している同心は、与力の支配を受ける。与力が同心を支配し、江戸の町の状況を町奉行所は把握する。

他職より長く在任するのが慣例となっている町奉行だが、町奉行所の役人にとっては、いずれ栄転していくよそ者でしかない。そのよそ者に尾を振る隠密廻り同心は、裏切り者とまでは言わないが、味方とは言えないのだ。

かつて直属ということで、隠密廻り同心を使って、与力や他の同心の不正を暴こうとした町奉行がいたこともある。

隠密廻り同心は完全に町奉行所役人のなかで浮いていた。

そんな隠密廻り同心がいまだに続いているのは、扶持米《ふちまい》の加増、町奉行手許金《てもときん》からの手当などの褒賞があるからであった。

しかし、無能に褒賞をいつまでも出してくれるほど、町奉行は甘くない。

「ご苦労であった。役目を解く」

そう言われたら隠密廻り同心は、町奉行所の役人としても終わった。

隠密廻り同心は同心の上がり役であり、辞めるときは隠居するときなのだ。

家督は無事に認められるが、同心最高の地位まで昇った経歴は無になり、加増された扶持米も手当も奪われる。息子が優秀であれば、廻り方同心になれるかも知れないが、そうでなければ罪人の恩赦を担当する余得の少ない赦免方《しゃめんかた》や幕府が架けた橋の維持管理をする定橋方《じょうばしかた》などで終わることもある。

父親が現役で廻り方をしていればこそ、見習い同心として研修している息子を引きあげてやれる。なんとかして、息子を廻り方同心見習いに就けるまで、真田は隠居できなかった。

「どこへ行くのか、見届けさせてもらう」

真田は人生を懸けて、聡四郎たちを見失うまいとしていた。


「……あれはっ」

耳を澄まし、気配を探りつつ進む聡四郎と大宮玄馬を、屋根の上を駆けていた藤川義右衛門が見つけた。

「お頭」

足を止めて気配を殺した藤川義右衛門に、供をしていた抜忍が怪訝な顔をした。

「水城がいた」

「なんとっ」

藤川義右衛門の言葉に抜忍が、息を呑んだ。

「早いな。さすがよ」

「いかがいたしましょう。志方たちとの合流を後に回しますするか」

ここで不意を突くかと抜忍が訊いた。

「そうよなあ……」

少し藤川義右衛門が考えた。

「……いや」

藤川義右衛門が聡四郎たちをもう一度見た。

「あの様子からすると、宿はわかっていないようだ。ならば、まず人質の確保をすべきだ。子が我が手にあるかぎり、あやつは抵抗できぬ」

何度も戦って、藤川義右衛門は聡四郎と大宮玄馬の強さを知っている。

「承知」

抜忍が従った。

卑怯という表現は忍にとって、名誉であった。

「ゆっくり来い、水城。おまえを殺した後、その首を吉宗に届けてくれる」

藤川義右衛門が口の端をゆがめた。

「……お頭」

聡四郎を射殺さんとばかりに睨みつけている藤川義右衛門に、抜忍が小さく声をかけた。

「なんだ」

まだ聡四郎から目を離さず、藤川義右衛門が問うた。

「あれは、水城たちの後詰めでございましょうや」

抜忍が指したのは、うまく人影や物陰を使って、聡四郎たちの後をつける真田であった。

「……いや、後詰めではなかろう。あれは水城たちを警固しているのではない。ぎゃくに水城たちに気付かれぬように身を隠している」

「……なるほど」

あらためて真田を見た抜忍が納得した。

「片付けましょうや」

「ほうっておけ。たいした腕でもなし。敵にもなるまい。それよりも水城の後をつけてくる理由が知りたい」

始末するかと訊いた抜忍に、藤川義右衛門は首を横に振った。

「まずは早く志方たちのもとへ行かねばなるまい。向こうにはあの爺がいる。あれに山路が加われば……」

「でございました」

藤川義右衛門の危惧《きぐ》に、抜忍が同意した。

屋根の上にまで気を配っていなかった聡四郎たちは、藤川義右衛門たちを見逃していた。

「争闘の気配は感じぬ」

聡四郎はため息を吐いた。

「わたくしも……」

大宮玄馬も力なく頭を垂れた。

剣術遣いを目指してきた聡四郎と大宮玄馬である。相応の修行も積み、修羅場を潜っても来た。

少し離れたていどならば、争闘のおりに発せられる殺気を感じることができた。

「もうすぐ御船蔵ぞ」

暗がりのなか、正面に壁のような建物が見えてきていた。

「なかなかに難しいな」

聡四郎が天を仰いだ。

「……場所がわかっていねえだと」

他人に紛れて聡四郎と大宮玄馬の側に寄った真田が、口のなかで驚愕した。

「このあたりだとはわかっていても……」

大宮玄馬も戸惑っていた。

「ふむ」

その様子を真田は窺っていた。

「お奉行さまからのお指図は、水城の屋敷を見張り、どこへ行くかを見届けるであったな」

真田が呟いて確認をし直した。

「よし……」

もう一度真田は、聡四郎たちに見つからぬよう間合いを空けた。

第五章　静かなる怒り

一

播磨麻兵衛は一人、御船蔵の北にある大名屋敷の屋根上で待機していた。

「…………」

山路兵弥と分散して紅の行き先を見定めていた播磨麻兵衛は、忍の本質である気配を殺していた。

「急げ。遅れては、親分に顔向けできぬ」

大声をあげながら、浪人一人に率いられた五人の無頼が川筋に船を付けた。

「藤川の野郎に引導《いんどう》を渡すのは、茅場町の親分の手でなきゃいけねえ。そのためにわざと神田の親分たちと合流しなかったんだ」

岸に飛び移った浪人が、猪牙舟《ちょきぶね》に残っている配下を見渡した。

「三十人からの軍勢だ。しかも深川の連中も途中で寝返る算段を付けてある。どれほど藤川とその手下が手練《てだ》れでも、数の差と裏切りには勝てやしねえ。そろそろ頃合いもいいだろう」

浪人が続けて岸にあがった配下たちを鼓舞《こぶ》した。

「藤川を片付けた後は、どこの岡場所でもいい。好き放題しろ。妓《おんな》をとっかえひっかえしてもよし、酒に溺れてもよしだ。三日や四日、騒いだところでどうともねえだけの金を親分からもらっているぞ」

「そいつは豪儀《ごうぎ》だ」

「さすがは親分」

配下たちが歓声をあげた。

「だが、手柄がねえとお預けになるぞ」

「とんでもねえ。お預けは勘弁で」

「なら、気入れろ」

浪人と無頼たちが走り出した。

「藤川と言ったな」

播磨麻兵衛が呟いた。

「その名前が出ては、見過ごせん」

すっと播磨麻兵衛が、浪人たちの後を追った。

気勢をあげて走る浪人たちは、目立つ。

「……あの騒ぎは」

神田の親分が率いる浪人と無頼の一団、三十人を蹂躙していた鞘蔵が気づいた。

「援軍か」

こちらにはもう戦力はない。

すぐに鞘蔵が同僚に合図を送った。

「三郎太、三人でいけるな」

「残りは十人おらぬ。一人でも十分だ」

三郎太が余裕の言葉を返した。

「ならば、さっさと片付けてくれ。こちらよりお頭が心配だ」

「おう」

二人がうなずきあった。

「……なんだ、聞かされていたところとは違うぞ」

茅場町の親分麾下《きか》の浪人が、教えられていた藤川義右衛門の宿ではない場所での戦いに驚いた。

「先生、どうなっているんで」

配下の無頼も戸惑った。

「派手にやらかして、途中で迎え撃たれたのだろう」

無頼というのは、強いときは強い、弱いときは弱い。味方が有利ならば、堂々としている。しかし、少しでも不利になれば、逃げ出す。

そうならないように神田の親分は、三十人という数を揃えたうえ、道中も気勢をあげさせて、無頼たちの士気を保った。

当然、そうなれば、目立つ。

わかっていてもしなければならないのが、無頼という者を使うこつであった。

「随分と減っているようだが、向こうも片手でたりるていどらしい。こちらに向かってくるのも二人きり。勝ったな」

「たった二人ならば、あっという間で」

浪人の鼓舞に、無頼が乗った。

「やっちまえ」

「よっしゃあ」

無頼たちが、各々の武器を握りしめて突っこんだ。

「遣いすぎたな」

迎え撃つ側になった鞘蔵が苦い顔をした。

最初の戦いで手裏剣を遣い果たしてしまっていた。

「大事なかろう」

随伴《ずいはん》している抜忍が、首を横に振った。

「先ほどと同じ。無頼はなにも考えることなく、刃物を振るうだけだ。そんなもの、案山子《かかし》を狩るより容易」

「だな」

鞘蔵も同意した。

「右の二人はもらった」

「では、左を」

抜忍が右へとずれていった。

「疾い」

迫って来た抜忍に、無頼があわてて長脇差を振り回した。

「当たるか」

身を低くした抜忍が長脇差をかわし、懐に入りこんだ。

「えっ」

鳩尾《みぞおち》を忍刀で貫かれた無頼が、目を大きくしたまま死んだ。

「こいつっ」

もう一人の無頼が体当たりをしてきた。

「ふん」

鼻で笑って抜忍が避けた。

「おわっと」

目標を見失った無頼がたたらを踏んだ。

「死ね」

抜忍の忍刀が、無頼の脇腹を割いた。

「ぎゃあ」

割れた腹から腸《はらわた》をはみ出させた無頼が転げ回った。

「ちっ、一撃ではいかなかったか」

逃げるときの足留めならば、致命傷を与えなくともいい。相手の動きを制するだけで、十分であった。

しかし、まだ戦うならば、たとえあと少しで死ぬとわかっていても放置はできなかった。反攻の力はあるまいと背を向けたら、思わぬ反撃を受ける。それは誰にとは限らず、鞘蔵を目的とするかも知れなかった。

やむを得ず、抜忍が腸を抱えてうずくまる無頼に止めを刺すため、足を止めた。

「手裏剣さえあれば……」

手裏剣ならば、走りながらでも喉を刺し通すなど朝飯前であった。なれど、遣い切ってしまったものはどうしようもない。

突き刺すため、抜忍が忍刀を引いた。

「…………」

浪人が無言で斬りかかった。

「甘い。とっくに気づいているわ」

抜忍がそちらへと身体を回そうとした。

「助けてくれ……」

死にかけた無頼が、最後の力を振り絞って抜忍の袴を摑んだ。

「……なにい」

足を止めるほどの力ではなかったが、ほんの一瞬だけ抜忍の動きが阻害された。

「死にぞこないが」

苛《いら》ついた抜忍が無頼の頭を蹴飛ばした。

「ぐっ」

頸椎《けいつい》を折られた無頼が力を失い、抜忍の袴から離れた。

「手間を……」

抜忍が浪人に意識を戻したときは遅かった。

「甘いのはおまえだ」

崩れた身形と言葉遣いに比して、浪人の動きはすばやかった。

「ぬえい」

浪人の刀が、抜忍の左肩から胸へと走った。

「くうう」

咄嗟《とっさ》にかわした抜忍は致命傷を避けたが、それでも傷を負った。

「くたばれっ」

勢いに乗った浪人が、追撃しようとした。

「させるか」

一人の無頼を斬り倒した鞘蔵が横から飛びついた。

「ぐっ」

勝ちに浮かれた浪人の首筋に、鞘蔵の忍刀が一筋の赤を残した。

「ああああ」

頸動脈を断たれた浪人が、泣きそうな声を漏らした。

「今だ」

「くそったれ」

二人の無頼が目を離した鞘蔵を好機とばかりに斬りつけた。

「…………」

鞘蔵に油断はなかった。軽く跳びあがって二人の攻撃をかわし、落ちざまに刀を左右に振った。

「ぎゃっ」

「ひえええ」

二人の無頼が血を撒きながら倒れた。

「……いかん」

傷を負った抜忍が首を横に振った。

「死にはせぬが、これでは戦えぬ」

抜忍が鞘蔵に傷を見せた。

「……しかたない。品川まで行けるか」

「それくらいはどうにか」

「佐渡屋で医者を呼んでもらえ。金で飼っている医者がいる。人品《じんぴん》は腐っているが、腕は確かだ」

「それは助かる。ようやく遊びの楽しさを覚えたばかりだ。これからというときだからな」

しゃべりながらも抜忍は襦袢を裂いて、血止めをしていた。

「では、佐渡屋で会おう」

鞘蔵が抜忍を置いて、紬を捕らえてあるしもた屋へと急いだ。

二

入江無手斎は、紅の声をしっかりと聞いていた。

「…………」

無言で入江無手斎は、襖を蹴り飛ばした。

うかつに襖を開けては、待ち伏せを食らう可能性もある。目に見えないところこそ、気をつけなければならない。

「くっ」

紅を押さえようとしていた志方が、飛んできた襖を避けるために右へと身体を動かした。

「お待たせしたかの」

入江無手斎が襖が吹き飛んで生まれた開口部から、紅に笑いかけた。

「御師」

紅が喜びの声をあげた。

「姫さまは……あいかわらず堂々となさっておられる」

久しぶりに母の乳を満足いくまで飲んだ紬は満腹になり、この騒ぎでもむずかることもなくぐっすりと寝ていた。

「しゃっ」

好々爺《こうこうや》の目で紬を見ている入江無手斎に、志方が手裏剣を投げつけた。

「……こんなもので、儂がどうにかなるとでも」

一瞬で笑いを消した入江無手斎が手裏剣を払い落とし、志方に向き直った。

「ちいい」

志方が唇を噛んだ。

「奥方さま」

入江無手斎の背中から、袖が顔を出した。

「何人だった」

「一っ」

志方から目を離さず入江無手斎が問い、袖がものを数えるかのように答えた。

「こちらも同じだ」

入江無手斎がうなずいた。

「…………」

二人の仲間をやられたと知った志方の顔がゆがんだ。

「あきらめろ」

「奪い返されるならば……」

志方が手裏剣の矛先《ほこさき》を紅たちに向けようとした。

「させると思うか」

しもた屋の奥の間など、六畳間、すこし贅沢なところで十畳間がいいところである。奥の部屋隅にいる紅との間合いは一間半（約二・七メートル）ほどしかない。入江無手斎にとって、このていどはないも同じであった。

「おうりゃ」

続けて撃たれた三本の手裏剣を入江無手斎は弾き返した。

「…………」

志方が袖目がけて走った。

忍は死ぬことを恥とする。なんとしてでも生き延びて、時機を待つ。

「ふふ」

袖はしっかりと志方の動きを摑んでいた。

「やっ」

「おうや」

志方が突き出した忍刀を、袖が小刀で落とした。

「かかった」

予想通りの動きをした袖に、志方がほくそ笑んだ。

「逝け」

志方が忍刀の柄に仕込んであった小型の手裏剣を弾かれた勢いを利用して、袖の顔へと投げた。

「…………」

袖が顔を振ってこれをかわした。

「忍道具を知らぬと思うたか」

「読みどおりよ」

嘲笑した袖の左を志方が通り抜けた。

手裏剣を避けるため、わずかに重心を右に動かしたずれを志方は利用した。

「くっ」

慌てて追うように小刀を繰り出したが、右手の刃物で志方を攻撃することは身体を大きく回さねばならず、難しい。

無理をしても攻撃の効果は薄く、ぎゃくに体勢を大きく崩すことにもなる。袖は、志方への攻撃をあきらめた。

「逃がすかっ」

袖が身体を翻して、志方の背中を追おうとした。

「よせ。それより、奥方さまと姫さまを」

入江無手斎が止めた。

「……はい」

無念だとばかりに、志方の背中を睨んだ紬が従った。

「ああっ」

入江無手斎、紬の顔を見た紅が、腰を抜かしたように座りこんだ。

「奥方さま」

急いで紬が紅の身体を支えるために近づいた。

「つ、紬」

紅が抱きしめる力をより強くした。

「……ううっ」

苦しそうに紬がうめいて、目を覚ました。

「奥方さま、お力を」

紬が紅の肩を揺さぶった。

「……あああ」

それでも紅は紬を抱きしめたままであった。

「紬、姫さまはご無事か」

あたりを警戒しつつ、入江無手斎が訊いた。

「……はい。見たところお傷などは見当たりませぬ」

紅が放さないため、袖は見たところだけで報告した。

「……そうか」

入江無手斎が安堵した。


逃げ出した志方の前に、藤川義右衛門がいた。

「お頭」

「遅かったようだな」

喜んだ志方に、藤川義右衛門が冷たい目をしもた屋に向けた。

「あいかわらず、爺の腕はすさまじいな」

きれいに斬られた格子戸を藤川義右衛門が踏みつけた。

「……で、なかにはいるんだろうな」

「爺と女忍、そして水城の妻と娘」

「……水城の妻だと」

そこまでは聞いていなかった藤川義右衛門が驚いた。

「どういうことだ」

「使いものにならなくなった乳母の代わりを……」

問うた藤川義右衛門へ、志方が説明した。

「やはり手が足りぬな。手が足りていれば、乳母くらい攫って来られたものを」

聞いた藤川義右衛門が舌打ちをした。

「こうなっては、是非もなし」

「爺をやらぬので」

ため息を吐いた藤川義右衛門に志方が詰め寄った。

「足りぬといっただろう」

藤川義右衛門が後ろを見た。

「おまえを入れて三人。もう少し待てばあと四人は来るだろうが、そのころには向こうにも援軍が来る。伊賀の郷が敵に回った」

「郷が……」

志方が息を呑んだ。

「それに水城と従者が帰ってきた。こちらへ近づいている」

「もう……」

続けた藤川義右衛門に志方が絶句した。

「早馬だそうだ。吉宗が呼び戻したのだろう。爺と水城、そして従者。そこに郷忍の山路たちとなれば、とても勝負にならぬ。我らは忍ではなくなったが、武士ではない。名前のために死ぬとか、怒りのために無謀なまねをするなど論外」

「それはそうでございまするが」

ここまで来てと志方が無念そうな顔をした。

「腹立たしいのは、吾も同じ。いや、より以上じゃ。ようやく江戸の闇のほとんどを押さえ、最後の仕上げをしていたというに……」

「では……」

「ならぬ。縄張りを惜しんで命を落とせば意味がない。あと十日、いや、五日あれば江戸に隠れ住むだけの力が持てた。江戸の闇を支配すれば、どこの大名屋敷でも自在に遣える。大名屋敷となれば町奉行も口出しできぬ。そのために茅場町が持つ繋がりを手に入れたかったのだが……徒歩では間に合わぬと早馬を使わせるとは、吉宗め」

藤川義右衛門が吐き捨てた。

「江戸から離れるしかない……」

「状況が変わったのだ」

未練を見せる志方を藤川義右衛門が叱った。

「とはいえ、このまま逃げ出すのは業腹《ごうはら》だ」

「で、では……」

志方が震えた。

「仕掛けに火を付けろ」

藤川義右衛門が口の端を吊り上げた。

「将軍の孫も死にますぞ」

命じた藤川義右衛門に、志方が応じた。

紬を殺せば、吉宗は激怒する。

「町奉行所も顔色を変えましょう」

目立つほど動いていないが、南町奉行所の役人たちが紬の行方を追っている。町奉行所の手先である御用聞きのなかには無頼とつきあいのある者、裏で賭場や岡場所を仕切っている無頼そのものもいる。そのあたりから藤川義右衛門たちは話を手に入れていた。

「生きての奪還が駄目となったならば……」

「わかっておる」

志方の忠告を藤川義右衛門は軽くいなした。

「しかし、このまま無事に帰しては、我らの力を甘く見るだろう、吉宗は」

藤川義右衛門が続けた。

「光に表立って戦いを挑んでは、闇に勝ち目はない。数に差がありすぎる。そして、我らが吉宗を討ったところで、天下人《てんかびと》にはなれぬ。それでも闇が怖れられるのは、どこにでもあること、いつのまにか忍び寄っていること、そして……」

一度、藤川義右衛門が言葉を溜めた。

「後先《あとさき》を考えないことだ」

藤川義右衛門が告げた。

無頼は刹那に生きている。明日や老後のことを考えれば、地道に働き、妻と家庭を持ち、子を生《な》し育てるべきである。そうではなく、面白おかしく、酒を呑み、不特定の女とその場限りの享楽《きょうらく》に耽《ふけ》る無頼は、未来《さき》を気にしていないのだ。

ここで暴れれば、町奉行所に目を付けられる。この金を奪えば、目の前の一家が飢える。そんなことを一切考えない。

「もう我らは無頼、なにをしでかすかわからないと吉宗に思い知らせるのだ。迂闊《うかつ》に手を出せば、大怪我をするとな」

藤川義右衛門は、本気で無頼と化すことを宣言した。

「本当によろしいのでございまするか」

吉宗への対応を含めた今までの方針からの転換に、志方が藤川義右衛門の顔色を窺った。

「結果は、同じだからよ」

藤川義右衛門が言った。

「赤子を取り返しても、吉宗は我らを追い詰めてくるぞ。二度と同じ轍《てつ》を踏まぬようにとな」

人質は手元にあってこそ、抑止に使える。

「ですが、生きて逃すのと殺すのでは、違いましょう。殺せば、吉宗は天下の隅々まで我らを追いましょう」

志方が懸念を表した。

「将軍の権はそこまで強くはない。幕府にそれだけの力があれば、吉宗が八代将軍となるはずはない。吉宗の手が届くのは、江戸と京、大坂、和歌山、長崎がいいところだろう」

「江戸の縄張りはどうなさいまするか。誰か選んで金を集めさせるので」

藤川義右衛門の発言に志方が生活はどうなるかと訊いた。

「縄張りは一度捨てる」

「なにをっ」

志方が息を呑んだ。志方たちが藤川義右衛門に従っているのは、贅沢で安定した生活を送れるとの話だからだ。もちろん、聡四郎たちに殺された仲間たちの復讐をなすためという者もいるが、それらのほとんどはすでに返り討ちに遭い、残っているのは金に固執《こしつ》している者ばかりであった。

「目を剝《む》くほどのことではない。今までやってきてわかっただろう。縄張りを奪うのは簡単なことだとな」

品川にいた利助の目をごまかすため、最初こそゆっくりであったが、それを排除した後は、一気にいくつもの縄張りを落としている。

「無頼など何人いようとも薄紙のようなもの。いつでも取り戻せよう。しばし、放し飼いにするだけだと思え。馬も厩に繋ぐより、野に放つほうがよく育つ。育ったところでもう一度くつわをはめればいい」

「たしかに。しかし……」

「心配するな。金なら十分にある。一生寝ていても使いきれぬほどの金が隠してある」

「どこへ逃げるおつもりか」

金があっても山のなかでは意味がない。

「安心しろ。賑やかな城下だ」

藤川義右衛門がにやりと笑った。

「なにより、その城下は吉宗を嫌い抜いておるからの。表立って歓迎はしてくれまいが、幕府の命が出たところで、我らを探そうともすまい」

「そんなつごうの良いところが……あっ、尾張《おわり》」

「…………」

気づいた志方に藤川義右衛門が無言で笑った。

七代将軍家継が死に瀕《ひん》したとき、跡継ぎはなかった。四代将軍家綱《いえつな》、五代将軍綱吉と二度の直系相続が途切れた経験を持つ幕府は、すばやく八代将軍となるべき人材の選定に入った。

四代、五代のときは、三代将軍家光の息子という血筋があった。それでも四代将軍家綱の継承時は宮将軍という案が有力視されたし、五代将軍綱吉のおりはすんなりと決まったように見えたが、そのじつ綱吉の娘鶴姫《つるひめ》を正室にしていた紀州三代当主綱教《つなのり》の西の丸入りという計画があった。

つまり、幕府は二度分裂の危機を迎えていた。

そして、その危機ごとに一人の大老《たいろう》が世から消えていた。

一人目が四代将軍家綱の執政酒井雅楽頭忠清《さかいうたのかみただきよ》、二人目が五代将軍誕生の殊勲者堀《ほっ》田筑前守正俊《たちくぜんのかみまさとし》である。

酒井雅楽頭忠清の場合は将軍交代で幕閣《ばっかく》から放逐《ほうちく》され、一年後に病死した。だが、その真実は無念の自刃《じじん》であった。

堀田筑前守は貞享《じょうきょう》元年（一六八四）に営中で刃傷《にんじょう》に遭い、殺害されている。綱吉の死より二十五年も早いが、その裏には綱吉の一人息子徳松《とくまつ》の死と長女鶴姫への継承位譲渡という企みがあった。将軍の嫡男である徳松が天和《てんな》三年（一六八三）に急病死したことで、綱吉はなんとしてでも残り一人の子供鶴姫の血筋に将軍位の継承をさせたいと考えた。それを命じられた堀田筑前守正俊が、紀州徳川綱教と婚約していた鶴姫の輿《こし》入れを急かし、早めに子を産ませようと考えた。それが六代将軍を家宣にと願っていた者たちの癇《かん》に触れ、堀田筑前守正俊は城中で殺害された。

その翌年、鶴姫は綱教のもとへ輿入れしたが、子をなす前の宝永《ほうえい》元年（一七

○四）におやつとして出された饅頭《まんじゆう》を食べた直後に苦悶《くもん》し、そのまま帰らぬ人となった。

その後、家宣から家継と直系相続となった。しかし、七代将軍家継が病に倒れ、三度目の相続問題が浮きあがった。

幕府はただちに八代将軍の候補を選定した。

すでに三代将軍の血筋はなくなっていた。いや、ないわけではなかった。六代将軍家宣の弟松平《まつだいら》右近衛将監清武《うこんえのしようげんきよたけ》は健在であった。されど松平右近衛将監清武は、母の身分が低く、家宣の父綱重《つなしげ》の公子《こうし》とは認められず、家臣筋の越智《おち》家へと養子に出されていた。

「別姓を継いだ者は、後継者たりず」

初代将軍家康が長男信康《のぶやす》の死後、次男秀康《ひでやす》ではなく、三男秀忠《ひでただ》を二代将軍としたのは、秀康が豊臣秀吉《とよとみひでよし》の養子となったのち、さらに結城《ゆうき》家の跡継ぎに出されていたからであった。

「神君家康公の事跡《じせき》は金科玉条《きんかぎよくじよう》である」

幕府にとって家康の行動は絶対であった。

これで松平右近衛将監清武は、候補から外された。

残ったのが、尾張徳川家、紀州徳川家、水戸徳川家の御三家であった。

とはいえ、水戸徳川の徳川綱條《つなえだ》は、明暦《めいれき》二年（一六五六）生まれで、すでに六十歳をこえている。また、水戸徳川家が特異な継承を繰り返し、高松《たかまつ》松平家の血筋が濃くなり、御三家としてふさわしいとはいえなくなっていたことで、綱條は候補から外された。

残ったのが尾張徳川吉通《よしみち》と紀州徳川吉宗であった。

当初、御三家筆頭の尾張が優位に立っていた。吉通も名君として知られており、家宣が死の床で吾が子家継ではなく、吉通を七代将軍に指名したとも言われていた。

だが、家宣から吉通になることで、権力の座を追われる羽目になる間部《まなべ》越前守《えちぜんのかみ》詮房《あきふさ》、新井《あらい》筑後守《ちくごのかみ》君美《きんみ》らが反対し、残念ながら話は消えた。

それでもまだ吉通の目はあった。家継が幼く、病弱であったからだ。

しかし、吉通は将軍になれなかった。正徳《しょうとく》三年（一七一三）、愛妾《あいしょう》と寵臣を相手に宴を催している間に急死してしまった。

こうして好敵手は死に、八代将軍の座は吉宗のものとなった。

「あまりに吉宗につごうのいい状況だろう。尾張が疑ったのも当然だ」

藤川義右衛門が述べた。

「なるほど。それで」

志方が納得した。

「では、我らの恐ろしさを吉宗に教えてやろう。我らはたった今から、後先考えぬ無頼じゃ」

そこまで言った藤川義右衛門が、手を振りあげた。

「火を放て」

藤川義右衛門が指図をした。

三

紬に説得されて、紅がやっと紬を放した。

「姫さまのお身体をあらためなければなりませぬ。もし、お傷などがございましたら、すぐに治療をいたしませぬと」

「そう、そうね」

慌てて紅が紬の衣服を脱がした。

「こんなもの」

袖が紬の着ていたものを遠くへ捨てた。

相手は忍なのだ。どのような罠が、仕掛けがあるかわからない。

代わって、袖が身につけていた頭巾と懐にしまっていた手ぬぐいを差し出した。

「……ふうう」

紬の身体をあらためた紅が、安堵の息を漏らした。

「痩せてはいるけど、大丈夫」

母親として娘のことで一喜一憂する。

「よくぞ、無事で」

やっと入江無手斎もほっと一息ついた。

「さあ、ここに長居をする意味はございませぬ。奥方さま」

袖が紅を促した。

「そうね」

しっかりと紬を懐に抱きしめた紅がうなずいた。

「……この匂い」

不意に入江無手斎が表情を変えた。

「火薬」

「なんと」

「えっ」

入江無手斎の警告に、袖が紅に飛びついてその身をかばった。

とたんにしもた屋が爆発した。

「足を止めるな」

その爆発を藤川義右衛門たちは少し離れたところで聞いた。

「うまくいったようだな」

音から爆発の規模を推測して、藤川義右衛門はほくそ笑んだ。

「確認せずとも……」

抜忍が問うた。

「構わぬ。生きていても大怪我を負ったろうし、もし、あの爺が助かっていたところで、我らを追いかける余裕はない。水城の嫁と子を助けねばならぬからな。その間に、我らは逃げる」

藤川義右衛門が作戦通りだと答えた。

「一度、品川に行くぞ」

「はっ」

告げた藤川義右衛門に、志方たちが首肯した。

「……爆発」

「おい」

「ああ」

二手に分かれた抜忍たちが無頼たちをかたづける手を止めて、顔を見合わせた。

「あれは、宿が保たないとの合図」

「だの」

すばやく抜忍たちが意思を疎通させた。

「散れっ。集合は鞘蔵のところぞ」

抜忍たちが目の前にいた無頼を蹴飛ばして、背を向けた。

「おうっ」

生き残っていた抜忍たちも続いた。

爆発の音は、聡四郎たちをも揺るがした。

「殿」

「…………」

すっと前に出て、辺りを警戒する大宮玄馬に、聡四郎は全幅の信頼を置いている。自身の危難を気にせず、聡四郎は爆発の方向を注視した。

「か、火事だあ」

「お助け……」

辻から着の身着のままの町人たちが逃げ出してきた。

「あっちか」

「お先に」

大宮玄馬が、聡四郎の三歩前を走った。

「おわっ」

真田も爆発の余波に驚愕していた。

「なんだ。火事か」

火事場へ出ることもある町奉行所同心は、爆発の音を聞いたことがあった。

「……走っていきやがった」

すぐに落ち着いた真田は、聡四郎たちが爆発のあった方向に向かったのを見た。

「……報告だ。こいつはおいら一人でどうにかできる話じゃねえ」

真田は聡四郎たちを追うより、大岡越前守への報告を優先せざるを得なくなった。

一瞬、播磨麻兵衛はためらった。

爆発の音を聞くなり散った抜忍を追うべきかどうか。

「一人だけでも」

播磨麻兵衛は咄嗟に、もっとも遅れている抜忍に向けて手裏剣を投げた。

「ぐっ」

最後尾を走っていた三郎太が、盆《ぼん》の窪《くぼ》を射貫かれて転がった。

「ちっ」

「敵……」

一人減らされたことに抜忍たちが気づいた。

「相手にするな」

「しかし……」

「敵の数も腕もわからんのだ。この人数で勝てるか」

「……うむ」

なだめられた他の抜忍たちが逸る気を抑えた。

「合わせろ」

散っては各個撃破になる。鞘蔵が、一同を集めた。

「位置取りが悪かったな」

播磨麻兵衛が遠ざかる抜忍たちを見送りながら、ぼやいた。

「もう少し両国橋側へ寄っておけば、もう一人は喰えた」

茅場町の親分配下たちの後をつけて来た播磨麻兵衛は、そのまま目立たぬように身を潜めた。もちろん、一目でもう一カ所ですでに戦いが佳境に入っているのがわかった。だが、抜忍の宿を探すという目的を果たすには、両方の戦いを睥睨《へいげい》できる位置取りは不要であり、無理をする意味はなかった。

「今更じゃの。それよりも」

播磨麻兵衛がもう一度抜忍たちの消えた方角を睨むと、爆発のあった方向に向かって駆けた。


「菜」

「どうぞ、お先に」

合流した菜と二人で宿へ近づいていた山路兵弥が飛び出し、菜が見送った。身体の大きさが違うため、どうしても速さに差がある。それへの気遣いを山路兵弥は止めた。
「……くそっ」
しもた屋の造りは甘い。さすがに棟割《むねわり》長屋よりはしっかり造ってあるが、それで
も火事の多い江戸での焼失を考えて、柱や梁《はり》も細い。
梁に仕掛けられた火薬の爆発で、あっさりと屋根と天井は崩れた。
剣術遣いとして修練を積んだ入江無手斎には、崩れてくる梁や天井板が見えてい
た。
「恨むぞ、鬼伝斎」
入江無手斎は左手一本で脇差を雷閃《らいせん》に構え、紅たちの上に落ちかかっている梁へ
と送った。
「うおおお」
両腕、両足、腰、背中、肩すべての力をこめて放つのが、一放流の奥義《おうぎ》雷閃であ
る。鎧兜に身を固めた敵を一撃で両断する。そのために研ぎ澄まされてきたのが一
放流であり、身につけるには、類い希《まれ》なる膂力《りょりょく》が要る。小柄な大宮玄馬が天性の

剣才を持ちながら、奥義に至れず、小太刀へと移ったのも力が足りなかったからである。宿敵浅山鬼伝斎との戦いで右手の力を失った入江無手斎が道場を閉めたのもそのためであった。

そして入江無手斎は道場主をあきらめてから、初めて雷閃を放った。

「……りゃああ」

全霊の気合いをこめて叫びながら、入江無手斎の雷閃が梁を撃った。だが、わずかに足りなかった。

大きく割れながらも梁は両断にいたらず、袖へと落ちた。

「ぐっ」

袖が苦鳴《くめい》をあげた。

「きゃああ。袖、袖」

紅が、あの気の強い紅が悲鳴をあげた。

「……このていど」

袖は両手を畳に突いたままの姿勢で、紅と紬を守り抜いた。

乗りかかっている梁は、入江無手斎の一刀で入れられた切り目のところから折れていた。

「御師のおかげで……衝撃が少なく……すみましてございまする」

袖が小さく震えながら紅にほほえんだ。

梁は折れて、袖の背中の左右にのりかかっているだけとはいえ、その上には落ちてきた二階の床板、そして屋根がのっていた。

「御師……」

紅が隙間から入江無手斎を探した。

「……御師」

床に張り付いている紅からは入江無手斎の姿が見えなかった。

最初に崩れたしもた屋に着いたのは、山路兵弥であった。

「袖、袖。奥方さま」

山路兵弥が忍にあるまじき大声を出した。

「こちらにおられまする」

袖が応じた。

「おおっ。そこか」

山路兵弥が慎重に近づき、上にのっているものを除《の》け始めた。

「……父上。火が」

追いついてきた菜が、緊迫した声をあげた。

「この下におられる。手伝え」

「はい」

菜も加わった。


「ここだ」

「御免」

吹き飛んだしもた屋に到着した聡四郎より、大宮玄馬が先に飛びこんだ。

「…………」

万一に備えた大宮玄馬は脇差を抜いて、聡四郎の露払いを務めた。

「燃えておりまする。これ以上の無理はなさるべきではございませぬ」

すぐに大宮玄馬が状況を把握、聡四郎の侵入を止めた。

「……紅、紅」

聡四郎がしもた屋の土間で呼んだ。

「……えっ」

埋もれていた紅の耳に、聡四郎の叫びが届いた。

「聡四郎さん……」

紅が思わず昔ながらの呼び方をした。

「お館《やかた》さま」

「おおっ」

菜と山路兵弥も気付いた。

「お報せいたせ」

「ただちに」

山路兵弥に促された菜が、聡四郎のもとへ走った。

「……お館さま」

「菜か」

「奥方さまと姫さまが、奥で」

「あっ。殿」

菜の報せを聞いた聡四郎が、大宮玄馬の制止も無視して、突っこんだ。

「殿……」

あきれながらも大宮玄馬も続いた。

「斬れ」

「はっ」

室内ということで己も脇差を選んだ聡四郎が、大宮玄馬に命じた。

ぼやならば、水をかければすむ。だが、それをこえれば建物を壊して、延焼を防ぐしかなくなる。とくに紙でできている障子や襖は、あっさりと燃えあがり天井へ火を移す。もう、あるていどの火が天井に回っているが、これ以上ひどくなると手出しできなくなる。

それを少しでも遅くするため、聡四郎は障子や襖を手当たり次第に斬り倒した。

「こちらでございまする」

菜が案内した。

「そこかっ」

聡四郎が山路兵弥の行動を見て、理解した。

「……今、助ける」

「あたしと紬は無事、それより袖が」

「袖っ」

聞いた大宮玄馬が慌てた。

「わたくしは大丈夫。それより早く」

焦った大宮玄馬を紬が叱った。

「どけるぞ」

数が揃えば、梁も床板もどうにかなる。

瞬く間に、紬の上から瓦礫《がれき》が取り除かれた。

「…………」

背中の圧力がなくなった途端、紬が気を失った。

「紬……」

大宮玄馬が呼び捨てにした紬を抱きあげた。

「紅、無事か」

紬に守られていた紅を聡四郎は気遣った。

「ええ。ほら、紬も……あれ、手が離れない」

聡四郎に紬を渡そうとした紅が、顔色を変えた。

「気にするな。じっとしていろ」

手を差し伸べて、聡四郎が紅を紬ごと抱きかかえた。

「ごめんね」

紅の意識ももうろうとなった。

「玄馬、出るぞ」

「……はっ」

ぐったりした紬を抱え、蒼白《そうはく》な大宮玄馬を急かして、聡四郎が表へ出た。

「一同、無事か」

「はっ」

「はい」

山路兵弥と菜が首肯した。

「……崩れる」

聡四郎たちの目の前でしもた屋が火に埋もれた。

「……聡四郎さん、下ろして」

「じっとしていろ」

「ううん。紬を抱いてあげて」

紅が首を左右に振った。

「そうか」

そっと下ろしてくれた聡四郎に、なんとか動くようになった手を使って紅が紬を渡した。

「……紬」

聡四郎が紬の顔を見た。

「ふぎゃああ」

途端に紬が大声で泣いた。

「……紅」

困り果てた聡四郎が紅を見た。

四

火事に対して、江戸の者の反応は早い。

幕府の命によって町ごとに十人置かれている火消しが来るよりも早く、近隣の者たちは金目のものを持って逃げ出していた。

「どけっ、怪我するぞ」

家財道具を満載した荷車を曳《ひ》いている男がわめき、

「お助けを……」

騒動に巻きこまれておたおたしている女が、誰にともなく救いを求めている。

「お館さま。我らも動きましょう。こう人が多ければ、防ぎようがございませぬ」

敵が紛れていたときの対応が厳しいと山路兵弥が聡四郎に勧めた。

「うむ。玄馬、いけるな」

「はい。ですが、刀は……」

まだ気を失ったままの紬を抱きかかえながら、大宮玄馬が申し訳なさそうな顔をした。

「よい。そなたは紬をしっかりと抱えておけ。吾が妻と子を守ってくれた忠義者である。その紬になにかあっては、水城家の恥じゃ」

「かたじけのうございまする」

聡四郎の許しに、大宮玄馬が謝した。

「行くぞ。山路、菜、頼む」

警固を二人に任せ、聡四郎は紅に付いた。

「お任せを」

「待って、御師が」

山路兵弥が先導しようと前に出たとき、紅が顔色を変えた。

「師がいたのか」

「まさか」

聡四郎と大宮玄馬が驚いた。

「山路、菜」

先に来ていた山路兵弥と菜に聡四郎が問うた。

「いいえ」

「わたくしもお姿は見ておりませぬ」

山路兵弥と菜が首を横に振った。

「まちがいないわ」

紅が断言した。

「あのていどの瓦礫ならば、下に埋もれて気付かないということは……」

「ございませぬ」

確認を求めた聡四郎に、山路兵弥が否定した。

「となると……」

「隣の部屋とかで……」

もっとも被害のひどかったのは、紅と袖がいたところであるが、その手前の部屋も崩れていた。

しもた屋を見ると、もう火のなかにあり、とても入っていける状況ではなかった。

「…………」

「……お館さま」

「袖どの、気付いたか」

聡四郎に声をかけた袖に、大宮玄馬が意気ごんだ。

「御師ならば……」

袖が入江無手斎の一撃について語った。

「ということは、あの部屋に……しかし、お姿がないとなれば、自力で出られたか」

「奥方さまを残して行かれるとは思えませぬ」

聡四郎と大宮玄馬が顔を見合わせた。

「お館さま」

「播磨か」

最後の一人が合流した。

「ご無事で」

「袖が怪我をしている」

播磨麻兵衛の質問に、聡四郎が告げた。

「……息はできていそうじゃな」

播磨麻兵衛が袖の状況をじっと見た。

「足は動くか」

「つっ……」

苦痛に顔をしかめながら、袖が両足の指先を少しだけ動かした。

「背骨も無事じゃな。となると肋《あばら》だの」

播磨麻兵衛が診断した。

「玄馬、急ぎ袖を医者へ。菜、付いていけ」

聡四郎が指示を出した。

「ですが……」

「警固は足りている。今そなたのすべきは、袖のことである」

ためらう大宮玄馬に、聡四郎が厳しく言った。

「はっ。できるだけ早くに戻ります る」

一礼した大宮玄馬が離れていった。

両手で袖を抱いていては、とても戦えない。

袖を医者に預け、戻ってくると、大宮玄馬が駆けだした。

「それと、お館さま」

大宮玄馬を見送った播磨麻兵衛が、聡四郎を見た。

「なんだ」

「御師さまとお会いいたしましてございまする」

「師と……師はご無事であったか」

播磨麻兵衛の言葉に、聡四郎が身を乗り出した。

「お怪我はなされておられましたが、ご無事であられました」

「で、師はいずこに」

聡四郎が重ねて問うた。

「わたくしがこちらへ向かうのをお見かけになったのか、声をおかけになり、藤川義右衛門を見なかったかと」

播磨麻兵衛が答えた。

「見たのか」

すっと聡四郎の目に殺気が浮かんだ。

「藤川ではございませぬ。その配下なら蹴散らしたとお伝えしたところ、どっちへ逃げたと問われましたので、両国橋のほうへと申しましたら、そうかと立ち去られましてございまする」

播磨麻兵衛が見ていたこと、そして追撃で一人討ち果たしたことを語った。

「両国橋か」

深川から出るには両国橋か永代橋か新大橋を渡るか、あるいは船を使うしかない。

播磨麻兵衛の話だけでは、どこへ逃げたかはわからなかった。

「そうか。いや、助かったぞ」

聡四郎は殺気を散らし、播磨麻兵衛に礼を言った。

「ここにいてはまずい。とりあえず、屋敷へ戻るぞ。すべてはそれからだ」

もう一度しもた屋のほうへ目をやった聡四郎が、決断した。

火付けは大罪である。

また、火事はさすがに隠蔽《いんぺい》できない。

「上様にご報告いたさねばならぬ」

急報をもたらした真田を置いて、大岡越前守は急登城をおこなった。

「…………」

大岡越前守の言上《ごんじょう》を吉宗は無言で聞いた。

「……紬は」

吉宗が短く問うた。

「ご安否《あんぴ》のほどは、未だ知れておりませぬ」

平伏していた大岡越前守が、より恐縮した。

「そうか。ご苦労であった。下がってよい」

淡々と大岡越前守をねぎらった後、吉宗は退出を許した。

「上様」

いつものように陪席していた加納遠江守《かのうとおとうみのかみ》が蒼白な顔で吉宗に声をかけた。

「ただちに奉書火消《ほうしょびけ》しを向かわせましょうぞ」

奉書火消しとは、幕府からの命で出動する大名火消しのことである。火消人足を抱えている大名のなかでも、腕利きと呼ばれる者が選ばれ、無事にその任を果たせば将軍から賞賛の言葉と時服《じふく》や刀などを拝領できる名誉なものであった。

「深川であろう。もう、間に合わぬわ」

吉宗が首を左右に振った。

奉書火消しを出すには、吉宗の命令が要る。宿直《とのい》の右筆《ゆうひつ》を呼び出して、どこかの大名に火事場への出動命令を書かせ、それを使番《つかいばん》に渡して届けさせる。それを受け取った大名は身を清めた後、奉書を開封、そこから準備に入る。火事場が近いのならまだしも、深川となれば、かなり手間がかかる。

「では……」

加納遠江守が御休息の間下段から吉宗を見上げた。

「紅と紬の運を信じるしかない」

ようやく吉宗が辛そうな顔をした。

「誰《たれ》ぞ、おるか」

「これに」

吉宗が天井へ向かって問いかけ、返答があった。

「恥じ入りまする」

御庭之者村垣源左衛門《むらがきげんざえもん》が、詫びた。御庭之者も吉宗から紬の奪還を命じられていたが、それを果たせず、危難に遭わせてしまった。

「このたびは許す。躬《み》を守り、遠国を探索し、そのうえで藤川どもと戦う。さすがに今の体制では手が足りぬわ」

詫びた村垣源左衛門を、吉宗が免じた。

「畏れ多いことでございまする」

「急ぎ、遠藤湖夕をこれへ。それと誰ぞ火事場へ出し、水城一同の安否を確認いたせ」

恐縮する村垣源左衛門に、吉宗が指図した。

「はっ」

命じられた村垣源左衛門が、すぐに応じた。

「藤川義右衛門もおろかよな。いや、おろかなのは躬に敵対したときからわかっていたが、ここまでとは思っておらなかった」

「…………」

無言で聞いている加納遠江守を気にせず、吉宗が続けた。

「そもそも紬を攫った段階で、藤川義右衛門は終わったのだ。たとえ義理とはいえ、躬が孫であると公言したのだ。その紬を攫うというのは、躬に表立って喧嘩を仕掛けたも同然。闇は陰にあってこそ、生きていける。それが日の光に立ち向かうなど……」

吉宗がため息を吐いた。

「思いあがりもはなはだしい。躬と対等にやり合おうとか、立ち向かおうと考えるゆえ、聡四郎に手を出す。躬は藤川など気にもしていないというにな。江戸の闇を支配すれば、躬と並んだつもりだったのだろうが、闇は光に照らされた瞬間居場所をなくすもの。二度と躬にかかわらず、おとなしくしておれば、江戸の塵芥《じんかい》として片隅で生きていくくらいは見逃してやったものを」

「上様……」

加納遠江守が息を呑んだ。

「遠江守よ。躬は本来徳川の姓を名乗ることさえ許されない立場であった」

苦笑を浮かべながら吉宗が思い出した。

紀州徳川家二代当主光貞《みつさだ》の四男として吉宗はこの世に生を受けた。その母親は湯《ゆ》殿番《どのばん》という最下級の女中であった。その日、なにを思ったのか、薄着で奉仕する湯殿番に欲情したのか、光貞は吉宗の母に戯《たわむ》れた。たった一度、すんだ後は光貞でさえ忘れるような出来事のはずだったが、それで吉宗の母は妊娠した。

もともと吉宗の母は紀州に来た巡礼者《じゅんれいしゃ》であった。母と娘の二人で熊野《くまの》詣でをしようと和歌山に入ったところで、母のほうが病に倒れ、そのまま亡くなってしまった。遺された娘を村で扶育《ふいく》していたが、いつまでも面倒を見ていられる余裕もなく、伝手《つて》を頼って娘は和歌山城へ女中としてあがり、湯殿番となった。

出自もなにもわからない巡礼者の娘では、とても光貞の側室となるわけにもいかず、妊娠がわかった段階で、娘は城を出され、紀州家の家臣加納家へ預けられ、そこで出産した。

しかし、男子出生の報せを受けても、光貞は吉宗を召し出さず加納家に任せたままであった。

このままいけば、吉宗は光貞の隠居に伴い、加納家へ養子に出され、そのまま家臣として代を継いでいっただろう。

「余の相手をいたせ」

なにを考えたのか、光貞は吉宗を子供として認めないまま、和歌山にいるときは召し出して、話し相手にしたり、鷹狩りの供をさせたりした。

「最後の出府《しゅっぷ》になろう。なにもしてやれぬ代わりじゃ、一度江戸へ連れていってやる」

近くなれば情も湧く。

光貞は隠居の届けを幕府へ出すついでに、吉宗を江戸へ伴った。

これが吉宗の運命を変えた。

「子を全部連れて来よ」

五代将軍綱吉の気まぐれが、吉宗を表舞台へと押しあげた。将軍に目通りまでした紀州徳川家の連枝《れんし》を家臣に預けたままとはいかなかった。吉宗は従四位下左近衛権少将《じゆしいのげさこんえのごんのしようしよう》兼主税頭《ちからのかみ》に任官、翌年、越前葛野《かずらの》に三万石を与えられ、大名に列した。

そこから吉宗にとっての瑞兆《ずいちよう》が続いた。まず、紀州藩主を継いだ長兄が病死した。次兄の次郎吉《じろきち》はすでに夭折《ようせつ》していたため、跡は三兄が襲封《しゆうほう》したがやはり急死、吉宗に後釜が回ってきた。

さらに将軍家継が跡継ぎなくして死に瀕《ひん》した。八代将軍として、吉宗より優位にあった吉通が家臣によって毒殺され、跡継ぎであった五郎太《ごろうた》も幼くして死亡、御家騒動と短い間に不幸が重なったことで、尾張は将軍継承から脱落、吉宗にお鉢が回ってきた。

「躬はな、紀州の家臣として生涯を終えるつもりで、世間を見てきた。江戸から見て、芥子粒《けしつぶ》のような和歌山の城下ではあったが、それでも闇はあった」

城中ではなく、城下の屋敷で育った吉宗は、毎日のように出歩き、領民たちと触れあった。おかげで世情に通じ、藩主となってからの改革を成功させた。

「闇は皆、表に出ぬようにしていた。表に睨《にら》まれぬ範囲で、民たちから搾取《さくしゆ》する。

表も闇のことをわかりながら、完全に駆逐《くちく》できぬならば、適当に目こぼしすることで馬鹿をするなと抑えてきた。江戸も同じだ。賭場、岡場所、どちらも町奉行所が本気になれば潰せる。寺社なので手出しできぬというなら、寺社奉行にさせればいい。旗本、大名屋敷を根城としているなれば目付《めつけ》を行かせればよい。わかるか。それをせぬということは、幕府はそやつらを相手にしていないのだ。その寛容さを藤川は取り違えた。幕府が手出しできぬのだとな」

吉宗が目つきを変えた。

「ならば、思い知らせてくれよう」

そう宣した吉宗が、天井に話しかけた。

「聞いていたな、源左《げんざ》、湖夕」

「伺いましてございまする」

「はっ」

確かめた吉宗に、天井裏から村垣源左衛門と遠藤湖夕の応答があった。

「委細《いさい》はわかったな」

「はっ」

念を押した吉宗に、村垣源左衛門が、代表して首肯した。

「湖夕、そなたらは藤川どもがどこへ逃げるかを探れ。ここまでのことをしたのだ、江戸へ残るとは思えぬ。かといって今更山中で人知れず生きていくようなまねはすまい。忍が何人も入りこんでも目立たないだけ人の多い、京と大坂、金沢、仙台、伊勢、名古屋、長崎、福岡といったあたりを探れ。見つけ次第……」

「仕留めよと」

吉宗の答えを遠藤湖夕が先回りした。

「違う。勝手に殺すな。かならず躬のもとへ報せよ」

吉宗が遠藤湖夕を叱った。

「晒さねばならぬ。躬に、幕府に、徳川に逆らった者の末路を天下に見せつけねばならぬ。一罰百戒《いちばつひゃっかい》、それくらいの役には立ってもらう」

「承知いたしましてございまする」

将軍の命とあれば、拒否も条件を付けることもできない。

「これくらいは果たせ。最後の猶予である」

「一命に代えても」

遠藤湖夕が従った。

「源左、江戸から伊賀組すべてがいなくなると考えて、躬と長福丸《ちょうふくまる》の警固をおこなえ。人手が足りねば、紀州から呼び寄せてかまわぬ」

「はっ」

村垣源左衛門も承知した。

「よし、行け」

吉宗が手を振った。

終章

「遠江守」

「はっ」

険しい表情の吉宗に、加納遠江守が姿勢を正した。こういうときに下手な助言や諫言《かんげん》は、怒りを買う。

「町奉行、寺社奉行に命じて、江戸から無頼どもを駆逐させよ」

「大岡越前守どのには今、伝えまするか」

先ほど報告に来たばかりだから、まだ城中にいるだろうと加納遠江守が尋ねた。

「不要じゃ。北町と同じ扱いをせよ」

「よろしいのでございまするか」

大岡越前守は北町奉行の中山出雲守時春《なかやまいずものかみときはる》と違い、吉宗が引き立てた者である。それを中山出雲守と同じ扱いにするのは、まずいのではないかと加納遠江守が気遣った。

「躬の指図に従うことなく、藤川どもを全力で探さず、勝手なまねをいたしたのだ」

吉宗は紬の発見が深川の火事と同時であったことから、大岡越前守の行動を疑っていた。

「水城が早馬で戻ってきたという大木戸からの報せが来た。その直後に話が一気に動いたであろう。水城の話より先に大岡越前守が急登城をしてきた」

「では、大岡越前守は配下を水城家に張りつけていた」

加納遠江守が思い当たった。

「たしかに水城家を見張っておれば、動きはわかろう。だが、それは受け身である。自らが動いて事態を解決しようとしておらぬ。これではとても躬の手足としては不足じゃ」

「…………」

「町奉行に引き立ててやったことで、守りに入ったようだな。一度、出世の道を閉ざされた経験が越前を保身に走らせたようじゃ」

大岡越前守は家督を継ぐ前、一門の失態の連座を受けて、閉門《へいもん》を命じられていた。

旗本にとって、経歴の傷は将来にわたって響く。大岡越前守はその実力で家督を相続した後、無役を脱し、遠国奉行のなかでも格の高い山田奉行にまで立身《りっしん》した。しかし、大岡越前守の家格、経歴からいけば、これで上がりになるはずであった。

それを吉宗が引きあげた。町奉行は三千石高、旗本として留守居《るすい》、大目付《おおめつけ》、大番頭《おおばんがしら》などに次ぐ顕官《けんかん》であり、ここで手柄を立てれば一万石の大名となる道も開かれる。

「もう少し志《こころざし》があるかと思ったが……躬の見る目が足りぬことを棚にあげるわけにはいかぬでな。越前守を罷免《ひめん》するのは、自らの顔に泥を塗るに等しい。町奉行をさせた後、政にかかわる側用人《そばようにん》あたりにしようと思っていたがな。残念である」

「上様……」

「町奉行ではおいてやる。ただ、それだけじゃ。躬のおこなう改革を粛々《しゅくしゅく》と進めさせるが、口出しは認めぬ」

吉宗が断じた。

町奉行は幕府三奉行と言われ、勘定奉行、寺社奉行と並んで評定所《ひょうじょうしょ》への参加ができた。とはいえ、勘定奉行、寺社奉行が自在に発言できるのに対し、町奉行は執政から問われたときに答えるだけであり、また評定所にかならず呼ばれるものではなかった。

「では、水城は……」

「鍛えれば使えよう。今回の道中奉行副役という、餌役も果たしたようじゃしの」

小さく吉宗が笑った。

「上様」

今度は誰もいないはずの御休息の間と中庭の間にある廊下から声がした。

「その声は……明楽《あけら》か」

吉宗が御庭之者の名前を当てた。

「火事場を見て参りましてございまする。水城家一同、女忍が紅さまをかばって怪我をした以外は、大事ないかと」

明楽が報告した。

「よし」

「ただ……」

「いかがいたした」

「剣術遣いの入江と申す老爺《ろうや》が行方《ゆきがた》知れずとなっておりまする」

「助からなかったのか」

「いえ、火事以降に姿を見た者がおるようで」

「ふむ」

聞いた吉宗が唸った。

「……ご苦労であった」

「老爺を探しまするか」

「……捨て置け」

少しだけ考えた吉宗が、明楽の申し出を却下した。

「では……」

すっと廊下の気配が消えた。

「遠江守」

「はっ」

声をかけられた加納遠江守が応じた。

「水城に伝えよ。道中奉行副役の任を解く。あらためて呼び出すまで、登城に及ばずと申しておけ。しっかりとねぎらっておけよ。留守中とはいえ、子供を危ない目に遭わせたのだ。しばらくは自儘《じまま》にさせてくれよう」

吉宗が述べた。

紅と紬を連れて屋敷へ戻った聡四郎は、吉宗から与えられた久しぶりの安息《あんそく》を楽しめてはいなかった。

袖の怪我が思ったよりも重く、肋骨が二本折れていたうえに、ひびも数本に及んでいたのだ。命には別状ないとはいえ、動けるものではなく、袖はしばし床に臥したままとなった。

娘と孫の無事を報された相模屋伝兵衛《でんひようえ》が、紅と紬の顔を見るなり、安堵のあまりからか腰を抜かし、同行していた袖吉《そできち》によってそのまま医師のもとへ担ぎこまれるといった騒動もあった。

なにより入江無手斎の行方がわからなくなった。

「あのお顔は忘れられませぬ」

途中で入江無手斎と会った播磨麻兵衛が、思い出して震えた。

「爆発がなければ、なんとしてもお後を慕ったのでございますが……」

播磨麻兵衛が悔やんだ。

「ご無事であればよい」

聡四郎が播磨麻兵衛を慰めた。

「……吾もつきあうか」

庭から大宮玄馬の気合い声が聞こえてきた。

許嫁《いいなずけ》紬の怪我もさることながら、紬が連れ去られたことが大宮玄馬をして、奮起させていた。

あれ以降、大宮玄馬は暇を見つけては、稽古をするようになっていた。

「……騒然としていることよ」

木刀を手にした聡四郎が屋敷の外へ耳を澄ました。

「無法なる者を許さず」

吉宗の厳命を受けた南北町奉行所、寺社奉行所は賭場、岡場所などに手を入れ、無頼を捕縛していた。

藤川義右衛門との争いもあり、江戸中の親分は抵抗もできず、引き立てられていった。

「我らがおらねば、かえって世は乱れるぞ」

茅場町の親分甚五郎がそう嘯いたが、

「乱す者は根切《ねき》りにするだけじゃ」

聞いた吉宗は一顧《いっこ》だにしなかった。

「藤川の足跡を見つけましてございまする」

二十日ほどして、遠藤湖夕が吉宗の前に平伏した。

「どこだ」

「箱根の関所を藤川らしき僧侶が通過したそうでございまする」

僧侶も関所の通過に手形が不要であった。

「西へ向かったか。尾張だな」

吉宗が口の端をゆがめた。

「尾張だとお考え……」

断じた吉宗に遠藤湖夕が目を大きくした。

「伊賀の郷、そして甲賀《こうが》は、躬に従うと申してきた。つまり、近江《おうみ》国より西に向かうことはできぬ。もし、見逃せば、伊賀も甲賀も郷ごと滅ぼされるとわかっている。決して通すまい」

「たしかに」

いかに忍が人並み外れた者だといったところで、数千の兵を派遣されれば勝ち目はなかった。なにより、幕府に逆らっては天下に居場所はない。藤川義右衛門のように少人数で人里に紛れるならばどうにかなっても、女子供を抱え、郷として代を継いでいくとなると無理であった。

「湖夕、名古屋を探れ。以降、そなたたちは今一度、水城のもとに付ける」

「はっ」

遠藤湖夕が従った。かつて聡四郎が御広敷用人であったときに、御広敷伊賀者はその配下であった。聡四郎が御広敷用人を外れてからは、その関係はなくなっていた。

「遠江守、水城を呼び出せ。あらたな役を命じることにいたす」

「はっ」

加納遠江守が吉宗の命に一礼した。

「何役をお命じになられましょうや」

「惣目付《そうめつけ》……ちょうどよかろう。御三家創立以来の因縁を断つ」

訊いた加納遠江守に、吉宗が告げた。


（完）

解説

細谷正充《ほそやまさみつ》
（文芸評論家）

上田秀人作品における、最大のヒーローは誰か。ファンによって違うだろうが、私は、水城聡四郎の名前を挙げたい。最大の理由は、もっとも作品数が多いことだ。ちょっと並べてみよう。

「勘定吟味役異聞」シリーズ　全八巻
「御広敷用人　大奥記録」シリーズ　全十二巻
「聡四郎巡検譚」シリーズ　全六巻

以上、二十六巻をまとめて「水城聡四郎」シリーズと称する。作者は適度なところでシリーズ物を終わらせることでも知られており、本シリーズも要所で区切られている。それにもかかわらず現在まで続いているということは、よほど思い入れのあるキャラクターなのだろう。ここまで作者に愛される水城聡四郎とは、どのような人物なのであろうか。

旗本の四男坊だったが、長男の死により、水城家の当主となった聡四郎。徳川六代将軍家宣《いえのぶ》の懐刀《ふところがたな》である新井白石《あらいはくせき》によって、勘定吟味役を命じられる。そして幕府に巣くう利権の闇に踏み込むことになるのだった。

というのが「勘定吟味役異聞」シリーズである。続く「御広敷用人 大奥記録」シリーズは、八代将軍になった吉宗《よしむね》により、紀州藩主時代から目をつけられていた聡四郎（この経緯は前シリーズで描かれている）が、御広敷用人に抜擢される。目的は倹約のための大奥粛正。そこに吉宗と竹姫《たけひめ》の恋も絡まり、聡四郎はさまざまな勢力と戦いを繰り広げる。

このように聡四郎は、シリーズによって役職を変え、それに従い物語の舞台も変わっている。ここが本シリーズの特色であり、魅力になっているのだ。そして「聡四郎巡検譚」シリーズでは、前シリーズの大奥から一転、道中奉行副役を命じられ、日本各地を旅することになった。作者はある時期から〝地方〟に対する興味を深め、主人公をあちこちに派遣するようになっている。本シリーズも、その流れに沿ったものといえるだろう。

愛する竹姫を御台《みだい》にしようという吉宗の願いは断たれたものの、大奥の改革は実現した。竹姫付きの御広敷用人の任を解かれた水城聡四郎は寄合《よりあい》旗本として、愛する妻と幼い娘との暮らしに満足している。だが、信じられる者の少ない吉宗にとって、聡四郎は大切な手駒だ。しかも聡四郎の妻の紅《あかね》は吉宗の養女、娘の紬《つむぎ》は猶孫《ゆうそん》であり、強い関係もある。とはいえ吉宗から見れば、聡四郎はまだまだ物足りない。世間を学ばせるために、道中奉行副役を命じた。家士の大宮玄馬《おおみやげんば》と共に、東海道を歩く聡四郎に、いままでの経緯から生まれた敵が襲いかかる。また聡四郎の存在そのものが、各地で混乱を巻き起こす。京や大坂など、江戸とは違う歴史と風土を持つ都市を知り、聡四郎は見聞を広げていくのだった。

一方、聡四郎のいない江戸も騒がしい。前シリーズからの因縁のある、元御広敷伊賀者組頭の藤川義右衛門《ふじかわぎえもん》は、配下の抜忍たちを使い、江戸の闇を仕切ろうと暗躍。同時に、聡四郎の妻と娘を狙う。また、目付《めつけ》や尾張《おわり》藩も蠢動《しゅんどう》。江戸城内で吉宗が襲われるという事件も起きた。そして義右衛門一味が、水城家を護る入江無手斎《いりえむてさい》や袖《そで》の隙を突いて、紬を誘拐。このことを知らされた聡四郎は、一路、江戸を目指す。

かなり端折《はしょ》っているが、これが前巻までの流れである。それを受けて「聡四郎巡検譚」シリーズ完結篇となる本書は、最初から最後までクライマックスの連続だ。

入江無手斎と紬に加え、新たに仲間になった伊賀の郷忍《さとしのび》の播磨麻兵衛《はりまおへえ》・山路兵弥《やまじひょうや》・菜《さい》が奔走する。なかでも無手斎の怒りが凄まじい。

聡四郎や玄馬の剣の師で、一放流《いっぽう》の道場を開いていた無手斎だが、因縁の相手との戦いで右手の力を失ってからは、水城家の世話になり紅と紬を守護してきた。子供のいない彼にとって紬は、孫娘のようなものだ。それなのに敵の陽動に引っかかり紬を攫《さら》われてしまった。己を許すことができず、獣になって剣を振るう無手斎のチャンバラは、とんでもない迫力だ。攻撃してきた抜忍を、なんなく倒し、

「剣術遣いの本性は獣よ。おまえたち忍より、剣術遣いは人から外れる。江戸で道場を開き、かなり薄れていた剣術遣いの血を、おまえたちが呼び起こしたのだ」


というシーンなど、心の底から痺《しび》れる。上田作品の剣戟《けんげき》シーンの素晴らしさが、存分に堪能《たんのう》できるのである。

ところで本書のシリーズ・タイトルは「聡四郎巡検譚」だ。この〝巡検〟は、巡検使を意味している。諸国の大名や旗本を監視や調査するために、幕府が派遣する

上使のことだ。そして巡検譚は巡剣譚でもある。道中奉行副役となった聡四郎は、旅立つ前に無手斎から各地の道場宛の紹介状を貰う。そこを訪ねて、さまざまな剣客と立ち合いをするのである。シリーズの途中から、この要素がなくなってしまったのが残念だが、剣の世界の素晴らしさも巧みに表現されているのだ。本シリーズは、権力の醜さや悍《おぞ》ましさが、これでもかと描かれている。しかし片方には、聡四郎を中心とした家族や仲間の絆や、清明な剣の世界があるのだ。このバランスが優れているので、次々と襲いくる敵に立ち向かう聡四郎の、ヒーローとしての輝きが際立つのである。

話を本書に戻そう。紬の行方を捜すため、母親の紅が囮《おとり》になる。さらにクライマックスでは、聡四郎と玄馬も駆けつけ、まさにタイトル通りの総力戦となるのだ。ここで感心したのが、聡四郎と玄馬の扱い。もちろん活躍するのだが、斬り合いはしないのである。主人公にチャンバラをさせた方が盛り上がるのに、なぜこんな構成にしたのか。それは作者が、自分の創り上げた物語世界と、これを読む読者を信頼しているからだ。

一放流の達者で、数々の危機を剣により乗り越えてきた聡四郎。その聡四郎でも敵わない大宮玄馬。いままでのシリーズで、ふたりの腕前はさんざん見せつけてきた。ここでチャンバラをしなくても、ふたりの魅力が損なわれることはない。読者が不満を感じることもない。そのような絶大な自信と信頼が、クライマックスの彼らの扱いに込められているのだ。上田秀人という作家の凄味は、こんなところからも伝わってくる。

さらに、シリーズのテーマにも留意したい。「勘定吟味役異聞」シリーズのテーマは〝金〟。「御広敷用人 大奥記録」は〝女性〟。そして本シリーズは〝世間〟だ。人材不足という弱点を抱える吉宗。本書では、歴史・時代小説で有能に描かれることがほとんどの、ある実在人物が、意外と使えないことが明らかになる。これには驚いたが、吉宗の失望はいかばかりか。だからこそ聡四郎に期待して、無茶振りをさせてしまうのだ。今回の道中奉行副役は明確な目的が存在していない。しかし物《もの》見遊山《みゆさん》の旅にしたら、すぐさま吉宗から切られるだろう。天下を治める将軍に仕えるなら、江戸だけではなく、歴史も風土も違う、日本全国を理解しなければならない。その視野を獲得するための旅であるのだ。しかも聡四郎は、自らそれに気づいて、学ばなければならない。吉宗の求めるところは高く、聡四郎の苦労は多い。それが彼を大きな人間にしていく。〝艱難汝《かんなんなんじ》を玉《たま》にす〟ではないが、困難を乗り越えることで成長する、聡四郎の姿が嬉しいのである。

　ついでに上田作品全体のテーマにも触れておこう。ファンには周知の事実だが、作者は〝継承〟を自己の作品のテーマにしている。そして継承の一番分かりやすい形が、親子の血の繫《つな》がりだ。上田作品に登場する武士が〝家〟にこだわる理由は、ここにある。また、紬の誘拐は、血の繫がりを断つ行為であり、絶対に許すわけにはいかない。作中の事件ひとつを取っても、自己のテーマと密接な関係を持たせるところに、作者の力量を感じるのである。

　なお「聡四郎巡検譚」シリーズは本書で完結したが、「水城聡四郎」シリーズは、これからも続くという。本書のラストで、新たな役職が決定した聡四郎は、どうなるのか。そして何と戦うのか。尾張との確執や、ある人物の行方も気になる。シリーズの勢いは止まらない。だから権力者の思惑に振り回されながら、命がけの働きをする、主人公の新たな活躍を待ち望んでしまうのだ。

光文社文庫

文庫書下ろし／長編時代小説
総《そう》　力《りょく》　聡《そう》四《し》郎《ろう》巡《じゅん》検《けん》譚《たん》㈥
著　者　上《うえ》　田《だ》　秀《ひで》　人《と》

2020年7月20日　初版1刷発行
2020年8月10日　　　2刷発行

発行者　鈴　木　広　和
印　刷　萩　原　印　刷
製　本　ナショナル製本

発行所　株式会社　光　文　社
〒112-8011　東京都文京区音羽1-16-6
電話　(03)5395-8149　編　集　部
　　　　　　　8116　書籍販売部
　　　　　　　8125　業　務　部

ISBN978-4-334-79063-9　Printed in Japan

組版　萩原印刷

上田秀人

「水城聡四郎」シリーズ

好評発売中★全作品文庫書下ろし!

聡四郎巡検譚

(一) 旅発《たびだち》
(二) 検断
(三) 動揺
(四) 抗争
(五) 急報
(六) 総力

御広敷用人 大奥記録

(一) 女の陥穽《かんせい》
(二) 化粧の裏
(三) 小袖の陰
(四) 鏡の欠片《かけら》
(五) 血の扇
(六) 茶会の乱
(七) 操《みさお》の護《まも》り
(八) 柳眉《りゅうび》の角《つの》
(九) 典雅の闇
(十) 情愛の奸《かん》
(十一) 呪詛《じゅそ》の文《ふみ》
(十二) 覚悟の紅《べに》

勘定吟味役異聞 決定版

(一) 破斬《はざん》★
(二) 熾火《おきび》★
(三) 秋霜《しゅうそう》の撃《げき》★
(四) 相剋《そうこく》の渦《うず》
(五) 地の業火《ごうか》
(六) 暁光《ぎょうこう》の断
(七) 遺恨《いこん》の譜《ふ》
(八) 流転《るてん》の果て

★は既刊

光文社文庫

剣戟、人情、笑いそして涙……

坂岡 真

超一級時代小説

将軍の毒味役 **鬼役シリーズ**

★文庫書下ろし

鬼役 壱

刺客 鬼役 弐

乱心 鬼役 参

遺恨 鬼役 四

惜別 鬼役 五

間者《かんじゃ》 鬼役 六 ★

成敗 鬼役 七 ★

覚悟 鬼役 八 ★

大義 鬼役 九 ★

血路 鬼役 十 ★

矜持《きょうじ》 鬼役 十一 ★

切腹 鬼役 十二 ★

家督 鬼役 十三 ★

気骨 鬼役 十四 ★

手練《てだれ》 鬼役 十五 ★

一命 鬼役 十六 ★

慟哭《どうこく》 鬼役 十七 ★

跡目 鬼役 十八 ★

予兆 鬼役 十九 ★

運命 鬼役 二十 ★

不忠 鬼役 二十一 ★

宿敵 鬼役 二十二 ★

寵臣《ちょうしん》 鬼役 二十三 ★

白刃《はくじん》 鬼役 二十四 ★

引導 鬼役 二十五 ★

金座 鬼役 二十六 ★

公方《くぼう》 鬼役 二十七 ★

黒幕 鬼役 二十八 ★

大名 鬼役 二十九 ★

鬼役外伝 文庫オリジナル